砂漠の王と千一夜

リン・レイ・ハリス 作

深山　咲 訳

ハーレクイン・ロマンス

東京・ロンドン・トロント・パリ・ニューヨーク・アテネ・アムステルダム
ハンブルク・ストックホルム・ミラノ・シドニー・マドリッド・ワルシャワ
ブダペスト・リオデジャネイロ・ルクセンブルク・フリブール・ムンバイ

CARRYING THE SHEIKH'S HEIR

by Lynn Raye Harris

Published by Harlequin K.K., Tokyo, 2015

リン・レイ・ハリス

祖母がガレージセールで買ってきたハーレクインのロマンス小説を初めて読み、将来はシークかプリンスと絶対に結婚すると心に誓う。その後、軍人と結婚。クレムリンを訪問したり、地球の反対側にある火山を探索したりといった世界中を飛び回る生活を送ることになる。有望なロマンス小説に贈られるゴールデン・ハート賞で 2008 年度、最終選考まで残った。

主要登場人物

シェリダン・スローン……………………パーティプランナー。
アン・スローン・キャンベル……………シェリダンの姉。愛称アニー。
クリス・キャンベル………………………アンの夫。
ケリー………………………………………シェリダンの共同経営者。
ラシード・ビン・ザイード・アル・ハッサン……キル王国の国王。
カディィル・ビン・ザイード・アル・ハッサン……ラシードの弟。
エミリー・アル・ハッサン………………カディィルの妻。
ダリア………………………………………ラシードの亡妻。
ムスタファ…………………………………ラシードの秘書。
ダオウド……………………………………ラシードの側近。

1

「手違い？　どうしたらそんなことがありうるんだ？」

ラシード・ビン・ザイード・アル・ハッサンは恐ろしげな目で秘書のムスタファをにらみつけた。口ごもっていたムスタファがごくりと唾をのむのがはっきりとわかった。

「クリニックは手違いがあったと言っております、陛下。ある女性が……」ムスタファは手に持ったメモに視線を落とした。「アメリカ人の女性が義理の兄の精子を使って人工授精を受けることになっていました。その際に陛下の精子が使われたそうです」

血が熱くなり、それから冷たくなった。名誉を汚されたとラシードは感じた。高炉で燃えあがる炎のように激情が体を貫き、心をおおう氷が一瞬溶けたが、すぐにまた固まった。これまでの経験から、何物もその氷を完全に溶かすことはできないとわかっている。この五年間、周囲を取り巻く闇を貫き、心まで達したものは何一つなかった。

ラシードはデスクの上で両手を握り締めた。こんなことは許されない。とうてい受け入れられない。

誰がどうすれば僕から選択の権利を奪えるというんだ？　まだ子供を持つつもりはない。いつか持つ気になるかどうかもわからない。キル王国に後継者を与えるのは僕の義務だが、今はその覚悟ができていない。

結婚して子供を持つことを考えると、耐えがたい記憶と苦しみがよみがえってくる。それならば心を氷でおおっておくほうがいい。その氷を溶かし、痛いほどの喪失感と絶望に包まれるよりも。

王家の血を守るため、二つの精子バンクに精子を預けておくことを定めた法律には従ったが、それがこんなおぞましい事態を招くとは夢にも思わなかった。無作為に選ばれた女性に僕の精子が提供されたのだ。それが小さな命へと成長し、僕はすでに父親になることが決まっているかもしれない。

冷たい恐怖のうねりが最高潮に達し、ラシードはめまいを覚えた。

デスクを離れ、ムスタファに背を向けた。だから顔に浮かんだ索漠とした表情は見られなかっただろう。それにしてもこんな出来事は、これからキル王国を統治するにあたって幸先《さいさき》がいいとは言えない。

二カ月前に父親が亡くなり、弟が王位継承を宣言する前にその権利を放棄したため、今やキル王国を治めるのはラシードの務めとなった。長男の彼は皇太子であるはずだったが、実際には父親に嫌われ、愚かしい権力ゲームの駒の一つにされていた。キルでは王が息子たちの中から後継者を指名する。後継者が長男でなくてはならないという法律はないが、伝統的に長男が指名されてきた。

しかし、ザイード・アル・ハッサン国王はそうしなかった。残酷で、人を操ることに長《た》けた王は、恐怖と厳しい罰によって息子たちと妻たちを支配した。とくに息子たちのことは、長きにわたり、王位をゆずる可能性をちらつかせて自分の思いどおりにしようとした。弟のカディルは王位になど興味はなかったが、父親にはそんなことは関係なかった。それこそが長男を支配する手段だったからだ。ラシードは父親の言いなりになるのを拒み、二十五歳のときにキルを離れて、二度と戻らないと心に誓った。

だが、戻ってきた。そして今や、王冠を戴《いただ》いている。蛇のように陰険な父親は墓の中で憤慨していることだろう。ザイード王は長男に国を治めさせたくなかった。望みを抱かせておいて、最後に意地悪く王冠を取りあげたかったのだ。カディルは父親が和解を望んでいたと信じているが、ラシードはそれほど愚かではなかった。父親から嘲りと非難を受けつづけてきて、その本性はよくわかっている。

にもかかわらず、今、ここにいる。ラシードは砂漠の風景を見渡した。遠くの砂岩の丘と赤い砂丘、宮殿の華麗な庭園に並ぶ棕櫚《しゅろ》の木と噴水。太陽が高いこの時間、外に出ている者はほとんどいない。地平線は熱い空気のせいで揺らめいている。愛するその景色を見ているうちに、純粋な満足感がわいてきた。

ずっとキルが恋しかった。かぐわしい夜のそよ風、強烈な暑さ、勇敢な人々。夜明けにモスクから聞こえる祈りの声。砂漠を横切るアラビア馬。

二カ月前、ラシードは十年ぶりにキルの地を踏んだ。二度と帰ることはないと思っていたが、父親が病気になり、長男の帰国を求めていると知らされた。

それでもラシードは抵抗したが、カディルのためにとうとう折れたのだった。

そうして、遠い昔にあきらめた王位についた。カディルはキルを去り、個人秘書だった女性と結婚して、愛に酔いしれている。弟にはこの世界が可能性に満ちた、明るく幸せな場所に見えるのだろう。

わびしさが胸に広がり、ラシードは両手を握り締めた。かつては僕にも愛する女性がいて、幸せだった。だが、その幸せははかなく消えた。愛とは失うこと、失うことは決して癒えない痛みをかかえることだ。

僕はダリアと赤ん坊を救えなかった。まさに無力だった。この現代において女性がお産で亡くなるなどありえないことに思えるが、実際にはばかばかしいほどたやすくありうるのだ。そのことは身をもって知っている。

吹きさらしの砂丘をもうしばらく眺めて心を落ち

着けてから、ラシードは秘書のほうに向き直った。

「クリニックに連絡を取って、その女性の名前と住所を明かさせろ。もし明かさなければ、彼らは過ちを世間に広く知られ、著しく評判を落とすはめになる」

ムスタファは頭を垂れた。「はい、陛下」ひざまずき、美しい絨毯《じゅうたん》に額をつける。「私の責任です、陛下。私がそのクリニックを選びました。責任を取ってこの職を辞し、都を去ります」

「そんな必要はない」ラシードはぴしゃりと言った。「君が新しい秘書を教育するのを待っている暇はないんだ。この件の責任は別のところにある」

ラシードは大股にデスクへ戻り、再び腰を下ろした。もしそのアメリカ人女性が本当に僕の精子を提供されたのなら、キル王国の跡取りを身ごもっている可能性は十分ある。

彼は手に持ったペンを握り締めた。その子供を自分の跡取りだと考え、その女性を任務を果たすスタッフ――あるいは積み荷を載せた船だと考えれば、これからの数日間を乗りきれるだろう。そのあとのことは、まだわからない。

ダリアの青白い顔が頭に浮かび、悲痛な記憶がよみがえった。またあんな思いをする覚悟はできていない。一瞬にしてすべてが悪い方向へ進むことがあると知りながら、自分の子を身ごもった女性のおなかが大きくなるのを見守る覚悟は。

だが、選択肢はない。もしその女性が僕の子を身ごもっているなら、彼女は僕のものだ。

「一時間以内にその女性を見つけろ」ラシードは命じた。「さもないと、君はキルの大砂漠で駱駝《らくだ》の世話をすることになるだろう」

ムスタファは蒼白《そうはく》になり、あとずさった。「承知しました、陛下」

秘書がドアが閉めた瞬間、ばきりという音がした。

ラシードはてのひらに痛みを覚え、持っていたペンを見おろした。いや、ペンの半分を。もう半分はデスクに落ち、周囲に黒いインクが広がっている。

傷から赤い血がしたたり落ち、デスクの黒いインクに混じっていく。ラシードはしばらくそれを眺めていた。やがてノックの音がして、午後の紅茶を持った召使いが入ってきた。ラシードは立ちあがると、隣の化粧室へ行って手を洗い、傷に絆創膏《ばんそうこう》を貼った。デスクに戻ったときには血とインクはきれいにふき取られていた。まるで何事もなかったように。

手を握ると、傷がちくりと痛んだ。汚れたものは片づけ、傷は手当てをして、起きたことは忘れてしまえばいい。

しかし、ラシードは真実を知っていた。傷は治るが、けっして消えない痛みがあることを。たとえどんなに深い場所に葬り去ったとしても。


「もう泣かないで、アニー」シェリダンはデスクの前に座って電話を耳に当てながら、息苦しさを覚えた。クリニックからの知らせを聞き、姉のアニーは電話の向こう側で泣きじゃくっている。シェリダン自身はまだ呆然《ぼうぜん》としていて、頭がまともに働かなかった。「なんとか乗り越えましょう。私は姉さんのために赤ちゃんを産む。約束するわ」

アニーはもう二十分も泣いていて、シェリダンはずっとなだめつづけていた。一つ年上のアニーはとてもかよわく、シェリダンは昔から強い妹だった。そして今も姉を気遣い、自分の強さを少し分けてあげられたらいいのにと思っていた。

姉が取り乱すたびに、罪悪感を覚えずにはいられない。自分のせいではないのに責任を感じる。

二人が育った家は貧しく、姉妹のどちらかしか大学へ進学させる経済的余裕がなかった。アニーは内気で引きこもりがちだが、シェリダンは社交的で成績もよく、どちらが大学へ行くべきかは誰の目にも明らかだった。それでも、姉に対してはどうしても罪の意識を抱いてしまう。両親がもっと熱心に励まし、その決断をあと押ししていたら、姉ももう少し強くなっていたかもしれないと考えてしまうのだ。

アニーが人生で唯一望んでいるものは、自力では手に入れられない。でも、代わりに私が与えられる。だからそうしようと決心したのだ。

最後はアニーの夫のクリスが帰ってきて妻から受話器を取りあげた。シェリダンはクリスと少し話をしてから電話を切った。

椅子にもたれ、まばたきをした。姉と一緒に泣いていたせいで、砂が入ったように目が痛む。デスクの上の箱からティッシュを取り、そっと目に当てた。

どうしてこんなことになってしまったの？　とても簡単な話だったはずなのに。アニーは子供を産むことができないけれど、私はできる。だから姉のために子供を産むと申し出た。それで一番の望みがかない、姉が幸せになると思ったから。

そして一週間前、シェリダンは人工授精を受けた。成功したかどうかはまだわからない。だが、その精子がクリスのものではなかったと判明した今、成功しなかったことを心から願っていた。

提供されたのは別のドナーの精子だった。ドナーは外国人だ。精子バンクは身体的事実以外の情報を何も教えてくれない。身長百八十八センチ、黒髪で黒い瞳、健康なアラブ人男性ということ以外は。

シェリダンはおなかに手を当て、息を吸いこんだ。あと一週間たたないと、妊娠検査ができない。それまでアニーは目が腫れるほど泣くだろう。そして私は、名も知れぬ男性の赤ん坊を身ごもっているのかどうかも、クリスの精子を使って再び人工授精を受けることになるのかどうかもわからない。

でも、もし今回妊娠していたら？　そうしたらどうなるの？

ノックの音がして、共同経営者のケリーがドアから顔をのぞかせた。シェリダンはもう一度ティッシュで目を押さえ、店舗の奥の小さなオフィスに入ってきたケリーに向かってほほえんだ。

「大丈夫？」

シェリダンははなをすすった。「大丈夫とは言えないわね。でも、なんとかするわ。解決しなくてはならない問題がたくさんあるの」

ケリーが近づいてきてシェリダンの手を取り、ぎゅっと握った。それから近くの椅子に座り、じっと顔を見つめた。「話してみない？」

話す気はなかったのに、シェリダンは自分を抑えられないかのように何もかも打ち明けていた。それに、他人に話すのは気分がよかった。泣きじゃくったり、取り乱したり、過剰なほどの慰めを求めたりしない相手に話すのは。

ケリーは口をはさまずに聞いていたが、話が進むにつれ、目を大きく見開いた。そして最後には椅子の背にもたれ、あんぐりと口を開けた。

「まあ。じゃあ、あなたは別の男性の赤ちゃんを妊娠しているかもしれないのね。アニーもお気の毒に！　さぞかし落ちこんでいるでしょうね」

シェリダンの心臓の鼓動が速くなった。「ええ。だって、私が姉たち夫婦の子供を妊娠することにすべての望みを託していたんですもの。何度も治療を受け、失敗し、失望を味わってきたせいで、姉はとても傷つきやすくなっていて……」シェリダンは息を吸いこんで続けた。「今こんなことが起きるなんて、つくづくタイミングが悪いわ」

「本当にお気の毒に。でも、また挑戦すればいいわ」

「私もそれを願っているの」医師の話では、人工授精を何度か繰り返さなくては妊娠しない場合も多いという。失敗だったことを望むのは間違っているように思えるけれど、今回に限ってはそれが最善の結果だろう。シェリダンは立ちあがり、スカートのしわを伸ばした。「さて、パーティに料理を届けるんだったわね？　二時間後に蟹《かに》のパイ包みとローストビーフが届くのを、ミセス・ランズが楽しみに待っているわ」

「準備は万全よ、シェリ。あなたは家に帰って休んだらどう？　ひどい顔をしているわ」

シェリダンは笑った。「それはどうもありがとう」だが、かぶりを振った。「顔を洗ってくるわ。本当に仕事をしていたいの。そのほうがよけいなことを考えずにすむから」

ケリーが疑わしげな顔をした。「わかったわ。でも、つらくて勝手に涙がこぼれてしまうようなら、家に帰るのよ」

パーティは成功だった。招待客は料理をとても気に入り、給仕係もてきぱきと働いている。すべてが順調に進みだすと、シェリダンはオフィスに戻り、二日後のパーティの手配を始めた。ケリーは最後まで問題が起きないことを確かめるために会場に残ったが、パーティが終わったらオフィスに戻ってくるだろう。

学生時代からの友人である二人は最高のコンビだった。ケリーは天才的な料理人で、シェリダンは裏方としてパーティを企画している。言ってみれば、パーティの〝建築士〟だ。サヴァナ美術大学では歴史的建造物の保存を学んだ。だが、〈ディキシー・ドゥーイン〉をここまで成長させたのは、パーティを企画し、準備や手配を整えるという才能だ。会社名の〝ディキシー〟はアメリカ南部を指す言葉で、南部なまりを意識して〝ドゥーイング〟からあえて〝グ〟を省いた。

二人は業務用厨房《ちゅうぼう》のついた物件を借り、スタッフを雇った。店舗部分は客が気軽に立ち寄り、商品を手に取ってみることができるよう開放的な造りにし、テーブルリネンや食器、厳選した調味料などを置いている。

シェリダンはオフィスでパソコンに向かい、次のパーティで必要になるものを確認しはじめた。それからどれくらいの時間が過ぎたかわからないが、店のドアのブザーが鳴った。反射的に顔を上げ、店内に設置した監視カメラの画面を見た。夏の間だけ店番に雇ったティーンエイジャーのティファニーの姿は見えない。一人の男性が入ってきて、途方にくれたように店内を見まわしている。

たぶん、妻に買ってきてほしいと頼まれたものがどんなものかわからないのだろう。あいにくティファニーはなかなか戻ってこない。シェリダンはデスクを離れ、ようすを見に行った。

その男性はシェリダンに背を向けて立っていた。長身で、黒髪で、ビジネススーツを着ている。なぜか店がいつもより狭く感じられたが、シェリダンはそんな感覚を振り払った。どこにでもいる男性じゃないの。

心からすばらしいと思う男性にはまだ出会ったことがない。まあ、義兄のクリスはいい人だけれど。クリスは姉を心から愛していて、妻のためならどんなことでもする。

経験から言うと、ほとんどの男性は移り気すぎる。しかも見た目がいい男性ほど移り気だ。でも、いつもそれにだまされてしまう。人を信用しすぎるせいで、あるいは人の最良の部分を見ようとするせいで。あなたは楽観的でやさしすぎると、亡き母はよく言っていた。我ながらうんざりすることもあるけれど、出会った人の最悪の部分を見ていったいなんの役に立つだろう？　そんな生き方はつまらない。たとえ以前の恋人が初めから最悪の部分に目を向けるべき男だったことを身をもって証明したとしても。

「〈ディキシー・ドゥーイン〉へようこそ」シェリダンは朗らかに声をかけた。「何かおさがしですか、お客さま?」

男性はかすかに身を硬くしたように見えた。それからゆっくりと振り返った。気がつくと、シェリダンは息をとめて彼を見つめていた。端整だが、こんなに冷たい雰囲気の顔は見たことがない。黒い瞳にはひとかけらの親しみの色もない。それなのに、まったく不似合いな激しい感情がみなぎっている。

シェリダンの心臓の鼓動が急に速くなった。きっと人工授精のときのホルモン注射と、妊娠したかどうかわからないストレスのせいよ。急いで自分にそう言い聞かせた。

だが、違った。その男性が息をのむほどハンサムなせいでさえなかった。

クリニックの手違いを知らされたときに聞いた、精子のドナーがアラブ人だという情報のせいだった。見知らぬ他人の子供を妊娠したのかどうか、姉のためにもう一度人工授精を受けることになるのかどうか、まだわからないときにこんな男性に出会うなんて、残酷なジョークとしか思えない。

「君はシェリダン・スローンだね」

確信に満ちた口調だった。まるでシェリダンを知っているかのような。でも、私はこの男性を知らない。それに、彼がまるで歩道で踏みつけたものを確かめるような目で私を見ているのが気に入らない。

私は出会う人をみんな好きになる。ところが、この男性はすでに私の神経を逆撫《さかな》でしている。

「そうよ」シェリダンは胸の下で腕を組み、顎を上げた。「それで、あなたは?」できる限り高飛車に言った。

すると、彼が奇妙なしぐさをした。かすかに身をかがめ、額と唇、心臓の上に触れたのだ。それから背筋を伸ばした。堂々とそびえるようなその姿を見て、シェリダンは下腹部にうずきを覚えた。砂漠の長衣をまとって今のしぐさをする彼の姿を思い浮かべると、体の芯が久しぶりに熱をおびるのを感じた。

「ラシード・ビン・ザイード・アル・ハッサンだ」

再びドアが開き、男性がもう一人店に入ってきた。その男性もスーツ姿だが、ヘッドセットをつけている。ボディガードだ。シェリダンが店の前の通りに目を向けると、車体の長い黒のリムジンがとまっていた。通りの向こう側では、黒いサングラスをかけた別の男性がどんなトラブルの前触れも見逃すまいとするように周囲に目を配っている。

さっき入ってきた男性はまだドア口に立っている。シェリダンの目の前にいる男性はドア口にいる男性に気づいてもいないようだ。あるいは、いつも身近にいる人物だから気にもとめていないのかもしれない。

「それで、どんなご用件かしら、ミスター……ラシード？」彼が口にした途方もなく長い名前の中で、唯一覚えられたのがラシードだった。

男性はおもしろがっているように眉をつりあげた。

「ミス・スローン、君が持っている僕のものを返してもらいたい」

シェリダンは唇の上に汗が噴き出すのを感じ、彼に気づかれないようにと祈った。緊張しているのを悟られたら、彼を優位に立たせてしまう。この男性は飢えた豹《ひょう》のように人の弱みにつけ入るタイプだ。

「ラシードという名前のお客さまとは取り引きした覚えはないけれど。でも、あなたの奥さまの銀器をうっかり一緒に梱包《こんぽう》してしまったのだとしたら、もちろんお返しするわ」

男性はもう楽しげではなかった。それどころか、はっきりと怒りをあらわにしていた。「君が持っているのは僕の銀器などではない」

大柄な体格なのに猫のようにしなやかに、男性は一歩前に踏み出した。彼が近くに来ると、芳香が漂った。濃厚なコロンではなく、夏のそよ風と刺激的なスパイスのような香り。シェリダンは豊かな想像力で砂漠のオアシスを思い浮かべた。揺れる椰子《やし》の木、冷たい泉、アラビア馬。そして、オマー・シャリフかピーター・オトゥールのような長衣を着たこの男性。

すてきな光景だわ。でも、どうしようもなく落ち着かない気分になる。

シェリダンは平静を装い、手を伸ばしてカウンターを撫でた。「私が何を持っているのか教えてくれれば、さがしてみるわ」声が震えているのがいまいましかった。

「それは無理だろうな」

彼の視線が下がり、シェリダンの腹部でとまった。ほんの一瞬のことだが、胃がゆっくりと下へと落ちていくような気がした。まさか彼が……。

いいえ、違うわ。そんなはずは……。

しかし、顔を上げた彼と目が合うと、シェリダンは悟った。彼は妻の銀器を取り戻すためにここへ来たのではない。

「どうしてそのことを……？」シェリダンは言いかけ、ごくりと唾をのみこんだ。信じられない。とんでもない守秘義務違反だ。永久にあのクリニックを訴えつづけてやる。「私はあなたのことを何も教えてもらえなかったわ。あなたはどうやって私に関する情報を手に入れたの？」

一瞬、彼がなんの話かわからないと言ってくれることを願った。この背の高いハンサムなアラブ人男性との間にちょっとした誤解があっただけで、彼がまったく違う話をしていることを。自分が企画し、料理を提供したパーティで、彼の一族に代々伝わる小さな銀器をうっかり持って帰ってしまっただけであることを。

だが、心の奥では気づいていた。なんの話をしているか、彼はわかっていると。

「ミス・スローン、僕は強大な権力を持っている。だから欲しいものは手に入れられる。それに、アメリカのクリニックでそんな手違いがあったことが世間に知れたらどういう騒ぎになるか、想像してみてくれ。無作為に選ばれた女性にキル王国の世継ぎを身ごもらせたと知れたら？　そのあと、王の子供の所在を教えることを拒んだと知れたら？」

シェリダンは心が凍りついていくのを感じながら、今彼が言ったことをなんとか理解しようとした。いつのまにかカウンターにもたれかかり、彼の顔を食い入るように見つめている。「王と言った？　私は王の精子を提供されたの？」

シェリダンは震える手で額を押さえた。喉がからからに渇き、吐き気がこみあげてくる。苦いものをのみこみ、目の前の男性になんとか意識を集中した。

「ああ、そうだ、ミス・スローン」

なんてことかしら。私はこの男性の精子がクリスの精子と取り違えられたのだと思っていた。彼が〝君が持っている僕のもの〟と言ったから。でも、一国の王がわざわざこんな店に来て、話をするはずがない。

この男性は王ではないんだわ。政府の高官かしら？　大使？　あるいは大臣かもしれない。

でも、なんのためにここへ来たの？　彼は私に何をさせたいの？

シェリダンは吐き気に負けてしまう前に言葉をしぼり出した。「お気の毒にと王に伝えて。こんな事態になってどんなにショックを受けているかわかるわ。でも、王だけじゃない、私の姉も――」

「気の毒がってもらうだけではすまないんだ、ミス・スローン。それですむはずがない」

シェリダンは吐き気を抑えこみ、かぼそい声で言った。「でも、私は——」

「大丈夫か？」彼がふいに不安げな顔をした。「顔色がひどく悪いな」

「大丈夫、暑さのせいよ」シェリダンはカウンターを押しやるようにして離れた。体を支えようとして、脚が震えている。「座ったほうがいいみたい」

一歩踏み出そうとしたが、膝が言うことを聞かなかった。とっさに彼が動き、シェリダンに腕をまわした。気がつくとシェリダンは彼の引き締まった熱い体にしっかりと抱き寄せられていた。神経の末端がぱちぱちと音をたて、今にもはじけそうだ。

こんなことはつらすぎる。もう耐えられない。だからといって、逃げ出すこともできない。だが次の瞬間、シェリダンは頭の片隅で認めた。私は逃げ出したがっていない。

彼が今までとまったく違う口調で何かつぶやいた。音楽のような美しい言葉だったが、こちらに話しかけているわけではなさそうだ。それから彼はすばやくシェリダンを抱きあげ、店の奥へ向かった。オフィスのドアを抜けて中に入り、小さなカウチに彼女を下ろす。

シェリダンがドアのほうを見ると、驚いて目を見開いたティファニーが立っていた。スーツを着た男性の一人がドアを閉め、シェリダンはミスター・ラシードと二人きりになった。

彼はカウチのわきに片方の膝をつき、シェリダンの額に手を当てた。彼女が弱々しく抗議したとき、ドアが再び開き、ティファニーが冷たい水の入ったグラスと濡《ぬ》らしたタオルを持ってきた。

シェリダンはグラスを手に取り、ありがたく水を飲んだ。目を閉じ、大きく息を吸うと、誰かが冷たいタオルを額に当ててくれた。とても心地よく、手を伸ばしてタオルを押さえた。

　そのままどれくらい時間がたっただろう？　シェリダンはとうとう目を開けた。ミスター・ラシードはまだカウチのわきに片膝をついていた。

「いったいどうしたんだ？」その声はさっきほど険しくなかった。

「過度のストレス、大量のホルモン注射、途方もない暑さ」シェリダンは肩をすくめた。「好きなものを選んで。どれのせいでもあるわ」

　ミスター・ラシードはアラビア語で何かつぶやき、それからシェリダンを見た。焼けつくようなまなざしが彼女を貫く。「今のこの状況について、君は少し誤解しているようだ、ミス・スローン」彼の声はひどく冷たかった。

　とたんに心臓の鼓動が乱れた。なぜ彼はこんなに美しいの？　それに、なぜこれほど正反対のものを持っているの？　炎と氷。燃えるような瞳と冷えきった心。そのせいで悲しいような気持ちになる。でも、どうして？　彼のことは何一つ知らないのに。

「そうかしら？」

「ああ、まさに誤解している。僕はミスター・ラシードではない」

「じゃあ、誰なの？」

　いかにも尊大そうな彼の顔を見て、シェリダンは再び吐き気を覚えた。その顔に見覚えがあると気づいたからだ。数週間前、ニュースで見た。

　彼はよく通る、決然とした声で言った。「僕は我が国民の偉大なる守護者であり、キルの獅子《しし》と呼ばれる勇者であり、王国の盾であるラシード・ビン・ザイード・アル・ハッサン王だ。そして、ミス・スローン、君は僕の跡継ぎを身ごもっているかもしれない」

2

彼女は明らかに怯《おび》えている。ラシードはそれを楽しんでいるわけではなかったが、むしろ楽しんだほうがいいという気がした。彼女が文句を言わずにこちらの要求に従ってくれたほうがいい。彼女をここにとどまらせ、仕事をさせておくわけにはいかないのだ。もしかしたらキル王国の次の王を身ごもっているかもしれないのだから。

長いフライトの時間を使い、ラシードはシェリダン・スローンのことを調べた。彼女は二十六歳の未婚女性で、さまざまなパーティを企画し、料理を提供するこの会社の共同経営者だ。アン・スローン・キャンベルという一つ年上の姉がいて、その姉は六年間も不妊治療を続けてきた。

シェリダンは妊娠できない姉に代わって子供を身ごもる予定だった。それは立派な行為だと思うが、この問題に巻きこまれた今、自分も代々受け継がれてきた王家の血を守らなくてはならない。

シェリダン・スローンは美しい女性だ。とはいえ、とくに人目を引くわけではない。身長は平均的だが、体つきは華奢《きゃしゃ》だ。ブロンドの髪はまとめられているからどれくらいの長さかわからない。大きく見開かれた目はほとんど紫に近い濃いブルーだ。その下にできている隈《くま》が白い肌の美しさを損なっている。

彼女は疲れ果て、途方にくれていて、とうてい僕の敵ではない。さっきはささやかな抵抗を示したが、もともと素直に言われたことをするタイプだ。人を喜ばせるのが好きなのだろう。この僕は違う。僕が一緒に来るよう命じれば、彼女は従うしかない。

だが、見ているうちに彼女の体がこわばってきた。

心を閉ざし、自分を守る壁を築いたようだ。やはり容易には屈しない女性だとわかり、ラシードは不愉快になった。

彼女が背筋をまっすぐ伸ばした。テーブルの向こう側からこちらを見る目には新たな火花が散っている。ラシードは心ならずも興味をそそられた。

「あなたが王なの？　早く言ってくれればよかったのに。そうしたらもう少し手間が省けたわ」

ラシードは眉をつりあげた。「ああ、だが、そうしたら君はどうなっていたかな？　自分に提供されたのが国王の精子だと聞いて、気を失いそうになっていたじゃないか」

彼女は唇をすぼめた。「それは今日が長くて大変な一日だったせいよ。私の姉がこの知らせを聞いてどんなに動揺したかわかるかしら、ミスター……ああ、あなたをなんて呼べばいいかわからないわ」

「陛下と呼べばいい」

彼女の顔が赤らみ、顎が突き出された。自分が雌虎のように気性の荒い女性だと誰にわからせようというのだろう？　僕だろうか？　それとも、彼女自身か？　しかし、ラシードが尋ねる前に、彼女は鋼のように冷たい口調で言った。「私たちは知らないうちにとんでもない状況に陥っていたようね。でもとにかく、二日前に私の体にあなたの精子が注入された。だとしたら、私たちはある意味で親しい間柄だと言えるんじゃないかしら？　少なくとも、この件が片づくまでは」

もし何か飲み物を飲んでいたら、ラシードはむせていただろう。幸い何も飲んではいなかったから、黙って彼女をにらみつけた。ショックを受ける一方で、妙なことに愉快になった。そんな感情は警戒するべきだが、二カ月前に王位について以来、ラシードがごくふつうの感情を抱いたのはこれが初めてだった。

二人の間には親しみなど存在するべきではない。ただ、彼女は僕の子供を身ごもっているかもしれないのだから、赤の他人のように接するのは間違っている気がする。ラシードはダリアのことを、彼女のやさしげな茶色の瞳と大きくなったおなかを思い出し、今すぐこの部屋から逃げ出したくなった。だが、もちろんそんなことはできない。今や王であり、国に対して、国民に対して責任があるのだから。

そして、自分の子供に対しても。

ダリアならこの女性にやさしくしてやってほしいと思うだろう。誰かにやさしくするのは性に合わないが、努力しよう。僕は残酷な男ではない。ただ人に無関心なだけだ。つらい子供時代を送り、無関心でいることを学んだ。誰かを気にかけたり、大切に思ったりしなければ、傷つくこともない。

誰かを気にかけ、大切に思ったら……どういうことになるかはわかっている。

ラシードは頭をかすかに傾けた。「僕のことはラシードと呼んでかまわない」そう言ってからつけ加えた。「だが、僕の側近たちの前ではやめたほうがいいだろうな。彼らは形式ばったやり方を好むから」

彼女は自分の体を抱くようにして、ぼんやりと腕をさすった。「じゃあ、私のことはシェリダンと呼んで。私が妊娠しているかどうかわかるのは一週間後よ。もしよければ、電話で結果を知らせるわ。必要ならそのときに今後のことを決めましょう」

ラシードは驚いてまばたきをした。彼女は本当に何もわかっていない。それとも、わざと鈍いふりをしているのか？　胸に再びいらだちがこみあげた。

「君が僕に電話することはない」

その荒々しい口調に、彼女は眉をひそめた。「わかったわ。じゃあ、あなたが私に連絡してちょうだい。どちらにしろ、なんとかなるでしょう」

ラシードは拳を握り締めた。本当に強情な女性だ！

「なんとかなることなど一つもない。君は僕の精子を使って人工授精を受けた。だからキルの次の王を身ごもっているかもしれない。僕がこれから申し出ること以外に選択肢はないんだ」

「私はそうは思わない――」

「黙るんだ、ミス・スローン」我慢の限界に達し、ラシードはさえぎった。「君は何も考える必要はない。僕と一緒に空港へ来て、王室専用機に乗るんだ。明日の朝にはキルに着き、妊娠検査の結果が出るまで君は客として丁重に扱われる。もし僕の子供を妊娠していなければ、家まで送り届けよう」

シェリダンはあんぐりと口を開けている。ラシードはカーブを描くピンクの唇に意識を向けまいとした。唇は濡《ぬ》れて光り、気がつくとそこに舌を這《は》わせたくなっていた。見た目どおり甘いのか、繊細なのか、確かめるために。

そんなことを考えている自分にラシードはショックを受け、いらだちを覚えた。僕はこの女性を求めてはいない。

彼女は今や大きくかぶりを振っている。まとめていた髪がひと房落ちて頬にかかると、それをもどかしげに耳にかけた。

「何もかも放り出して、あなたと一緒に行くことなんかできないわ！　私には仕事があるのよ。誰が行くものですか。ぜったいにお断りよ」

ラシードは彼女の反応に唖然《あぜん》とした。それから激しい怒りに駆られて立ちあがった。僕は国を治め、次々に訪れる危機を乗り越えなくてはならない。枢密院は僕の帰りを待っているし、花嫁候補の女性たちの人物調査書にも目を通さなくてはならない。周辺の国の王との石油掘削や鉱業権や互恵協約についての話し合いも近づいている。

それなのに、この腹立たしい小柄な女性がじゃまをしている。彼女は一歩もゆずる気はないらしい。人を喜ばせるのが好きだって？　今のところ、僕を喜ばせる気はこれっぽっちもないようだ。

ラシードは恐ろしげな目で彼女を見た。これで宮殿の召使いたちを震えあがらせてきたのだ。「ミス・スローン、君に選択肢を与えた覚えはない」

彼女は息をのんだが、すぐに頬を紅潮させ、瞳に紫色の炎を燃えあがらせた。「私の代わりに決断を下す権利があると思っているの？　ここはアメリカよ。私はあなたと一緒にどこへも行く必要はないし、どこへも行くつもりはないわ」

ラシードの体は怒りのあまり震えだした。ノーと言われることには慣れていない。自分が所有する石油会社の従業員からも、宮殿の召使いや側近からも、どんな場所のどんな人からも。巨大な富と権力を持つアル・ハッサン家の一員にノーと言う者はいない。

だが、シェリダン・スローンはノーと言った。カウチに座る彼女は青白い顔をし、触れたら壊れてしまいそうで、十カ月も無事に赤ん坊を身ごもっていられるとは思えないくらい華奢だ。なのに、まるで庭師でも相手にしているように遠慮なく話しかける。それがラシードを驚愕《きょうがく》させ、激怒させた。

確かに彼女の闘争心は見あげたものかもしれない。だが、情けをかけるつもりはない。

「ミス・スローン」冷ややかにきっぱりと、ラシードは言った。「僕を怒らせるのは賢明なことではない。君の仕事？　そんなものは一瞬で破滅に追いこめる。君のことも。僕に反抗しつづけるなら、そうしよう」

シェリダンの胸の鼓動は不規則になり、やがてどこまでも斜面をころげ落ちていくボールのように速くなった。彼は脅しているだけよ。とっさに笑い飛ばそうとした。だが、目の前に立つ長身で浅黒い肌の男性が瞳を怒りにぎらつかせているのを見て、本気だと悟った。そればかりか、今口にした言葉を実行に移すだけの力があるのだと。

彼は王だ。一国の王なのだ！

それもアラブの砂漠にある途方もなく裕福な石油産出国の王だ。キルという国がどこにあるか、シェリダンは知っていた。最近、危機的な事態に陥って大きなニュースになったからだ。たしか、王の病気がかなり悪化しているにもかかわらず、誰が後継者になるのか決まっていないと伝えられていた。

だが、危機は去り、キルには新しい王が即位した。この男性、ラシード・ビン・ザイード・アル・ハッサンだ。その名前は今やこの頭にしっかりと刻みこまれている。生きている限り忘れることはないだろう。

でも、だからといって、私はむやみに人に従うように育てられてはいないし、これからそうするつもりもない。彼はキルの王だけれど、私の王ではない。

シェリダンは咳《せき》払いをした。「妊娠検査までほんの一週間よ。あなたがサヴァナにいればいいわ。あるいは、結果がわかるころにまたここへ戻ってくればいい。そのほうがあなたが提案していることよりずっと簡単だと思うけれど」

彼は少しも納得したようには見えなかった。「そうだろうか？　君の仕事には共同経営者も手伝いのスタッフもいる。なのに、君のほうが僕よりも必要とされているというのか？　僕が王として国民に必要とされているよりも？」

シェリダンはほつれた髪を再び耳にかけた。彼といると、どうして自分を取るに足りない存在のように感じるのかしら？　私はただ、妊娠して何もかもが変わってしまうのか、そうではないのかわかるまで、できる限りふつうに生活したいだけなのに。

シェリダンはさっき額に当てていたタオルをよじった。「そんなことは言っていないわ。でも、私にとって仕事は大事だし、ケリー一人にすべてをまかせるわけにはいかないの。メニューを考えなくてはならないし、必要なものを買いそろえて――」

「僕も和平協定を結ばなくてはならないし、国を治めなくてはならないんだ」彼はポケットから電話を取り出し、耳に当て、流れるようなアラビア語で話しはじめた。電話を終えると、再び冷ややかにシェリダンを一瞥《いちべつ》した。「来てもらおう、ミス・スローン、今すぐに。君の債権を銀行から買い取るように弁護士に指示した。これから君にこんな仕事よりずっと価値のあるものを提供するつもりだ」

シェリダンはあっけに取られた。胸の谷間に汗が噴き出すのがわかる。彼は間違いなく、これまで出会った中で最も気にさわる男性だ。そして、最も魅力的な男性でもある。

いいえ、最も邪悪な人よ。そう、まさに邪悪だわ。彼ははったりをかけているのではない。法律で保護されているはずの私の情報をクリニックから手に入れるほどの力を持っているのだから。

彼には〈ディキシー・ドゥーイン〉を買い取り、自分の思いどおりにする力がある。店を閉めさせることも、私とケリーに職を失わせることも、私たちの夢を打ち砕くこともできる。今や自分のことはどうでもいいけれど、ケリーはどうなるの？　私がアニーとクリスのために子供を産みたいと打ち明けたとき、ケリーはすぐに理解してくれた。私が妊娠したら仕事に影響が出るとわかっていたのに。

実際に人工授精を受けるまでの間も、不満や不安をいっさい見せずに、すべてを冷静に受け入れてくれた。

だから、この傲慢で無礼な暴君にケリーの夢を壊させるわけにはいかない。どうしても彼に従いたくないというだけの理由で。

そんなことはできない。

シェリダンは震える足で立ちあがり、彼に向き合った。やたら背の高い彼に圧倒されそうになったが、顎を上げて背筋を伸ばした。「着替えを取ってくることは許されるのかしら？　もちろんパスポートも必要よね」

さぞかし満足げな表情をするだろうと思ったが、彼は退屈そうな顔をしていた。まるで、こちらが同意するのは最初からわかりきっていたとでもいうように。

「僕と一緒ならパスポートはいらない。だが、君の家には寄ろう。これからの一週間で必要になるものを取ってくるんだ」

恐怖のせいで、怒りはほとんど感じなかった。私は本当に、言葉もわからない、習慣も知らないはるか遠くの国へ行こうとしているの？　でも、断ることはできない。もし断ったら、〈ディキシー・ドゥーイン〉は廃業に追いこまれる。私とケリーがつぎこんだお金はすべて無駄になってしまう。

でも、一週間たったらどうなるの？　もし彼の子供を身ごもっていたら、彼は私を永遠にキル王国にとどまらせるつもりなの？

シェリダンは口に手を当て、こみあげる嗚咽《おえつ》を押し戻した。砂漠の王に誘拐されようとしているのに、私にできることは何一つない。でも、親友とスタッフの生活を守らなければ。もちろんアニーとクリスの生活も。

もし私が要求に従わなかったら、この人は姉夫婦に何をするつもりだろう？　クリスを失業させる？　この人なら当然、二人の家の抵当権を買い取れるはずだ。二人はたび重なる不妊治療の費用を払うために家を抵当に入れている。もし彼がその抵当権を買い取ったら？

シェリダンの血は凍りついた。彼はいっさい同情などせずに姉夫婦を家から追い出すだろう。あの目を、頑固そうな顎を見ればわかる。彼は人の気持ちを理解することができない冷血漢なのだ。

「どうして私の身が安全だとわかるの？」シェリダンは尋ねたが、いやになるほど小さな声しか出なかった。

彼が怒りをあらわにした。「身の安全？　君は僕を野蛮人だと思っているのか？　目的を達成するために暴力を使う人間だと？　とんでもない。僕は王で、君は大切な客だ。キルにいる間、君はあらゆる贅沢《ぜいたく》を味わうだろう」

その口調の激しさに、シェリダンはごくりと唾をのみこんだ。「それで、もし私が妊娠していたら？　そうしたらどうなるの？」

知らなくてはならない。自分のために、そして子供のために。この人がどうするつもりなのか、何を期待しているのかを。

冷然とした彼の視線が鋭さを増し、シェリダンの体を震えが走った。「君はもともと子供を手放すつもりだったんだろう。どうして気を変えるんだ？」

思いがけない痛みが下腹部を貫き、えぐった。確かに手放すつもりだった。ただ、子供を渡すのは姉だ。たとえ生物学上の母親であっても、法律上の母親にはなれないけれど、その子の人生に関わることはできる。その子をかわいがり、キスをして抱き締め、プレゼントを買ってやり、愛情をそそぐことはできる。

でも、赤ん坊を他人に渡すのは？　たとえ子供のＤＮＡの半分がその他人のものだとしても。

そんなことは完全に私の信念に反する。

「子供を手放すつもりはないわ」シェリダンはかすれた声で言った。

彼の瞳が氷のように冷たい光を放ち、シェリダンは内心縮みあがった。「ああ、そうだろう」しばらくしてから、彼はつぶやいた。「僕は王だ。そして、僕の息子もいずれ王になる。そんな価値のある子供を君がたやすく手放すはずがない」

これまで誰かを殴りたいと思ったことはないけれど、もし今この男を殴っても許されるならそうしただろう。憎むべき相手だ。シェリダンの胃は引きつったが、今回は気分の悪さのせいではなく、激怒のせいだった。

「あなたって最低ね」彼女は軽蔑をこめて言った。「自分がどんなに偉大ですばらしい人物だと思っているのか知らないけど、私は今日まであなたの名前を聞いたこともないわ」罪のない嘘《うそ》だ。「身ごもった子供への気持ちは、あなたがどんな人物かということとは関係ないの。関係があるのは、この子の半分は私のものだという事実だけよ」

そして、震える指でドアを指さした。私は彼のものではない。妊娠したかどうかわかるまで、どこへも連れていかれるつもりはない。危険を冒すことになるけれど、私には時間が必要だ。どうしたらいいか考える時間が。弁護士に会って相談し、家族と話し合う時間が。この男性と一緒にアメリカを出たら終わりだ。私も、おなかにいるかもしれない赤ん坊も、彼のものになってしまう。

彼は長い間、シェリダンを見つめていた。ハンサムな顔に恐ろしげな怒りの表情を浮かべて。それから突然、大声で笑いだした。シェリダンはぎょっとした。彼の声はとても豊かで耳に心地よく、同時に背筋を凍りつかせるような響きがあった。

「何がそんなにおかしいのかしら」そう言いながら、シェリダンの心臓は蜂鳥のはばたきのような速さで打っていた。「私はもちろん本気よ。法廷で会いましょう、陛下」

背後でドアが開く音がした。ケリーかティファニーが助けに来てくれたのかもしれない。シェリダンは期待をこめて振り向いた。だが、入ってきたのはボディガードの一人だった。

「車の用意ができました、陛下」

「よし」

シェリダンは振り返ったが、ボディガードに気を取られている間にすでに王は行動を起こしていた。何が起きているのかわからないまま、すばやく抱きあげられ、再び彼の引き締まった硬い体に押しつけられると、鼻孔に広がる香りが熱い砂と冷たい泉のイメージを呼び起こした。彼が出入口へ向かって歩いていく間、シェリダンの肌の下では締めつけられるような感覚が熱く燃えあがり、それが体を焼き焦がして呼吸をとめさせた。

店に客がいることに、シェリダンはぼんやりと気づいた。ティファニーはシェリダンを腕に抱いて通り過ぎるラシード・アル・ハッサンを見あげたが、とくに驚いたようすもなく、いつもどおりつまらなそうな顔をしただけだった。

叫ばなくてはならないと、シェリダンは思った。みんなの注意を引いて、この男に私を下ろさせなくては。そこでようやく肺が動きだすのを感じた。もちろん今までも呼吸はしていたが、感覚が麻痺《まひ》したように何も感じなかったのだ。彼に抱きあげられたとき全身に広がった興奮と、耐えがたい欲求以外は何も。シェリダンは息を吸いこみ、鼓膜が破れるほど大きな叫び声をあげようとした。

だが、その機会はなかった。ラシード・アル・ハッサン——国民の偉大なる守護者、キルの獅子《しし》、王国の統治者である彼が、シェリダンの唇をふさいで黙らせたからだ。

3

キスをするつもりなどなかった。だが、腕に抱いたいまいましい女性は叫び声をあげようとしていて、そうさせるわけにはいかなかった。だからラシードは自分にできる唯一のやり方で彼女を黙らせた。

　彼女の唇は柔らかくなめらかで、甘かった。ラシードは彼女が口が開いた隙に舌をすべりこませ、ベルベットのようなその感触を味わった。だが、彼女があまりにじっとしているので、嚙《か》みつかれるのではないかと不安になってきた。

　彼女なら嚙みつくくらいたやすいだろう。こんな女性には会ったことがない。女性はふつう、僕のそばにいると静かになる。大きな目で僕を見つめ、誘うように唇を開く。ため息をつき、甘えるような声をもらして、すねたように唇をとがらせる。

　そういう女性たちは僕を嫌悪の対象にしたりはしない。僕をにらみつけたり、ののしったり、大学の図書館にいた堅苦しい司書のように、取りすました声で出ていきなさいと命じたりもしない。

　シェリダンの呼吸が浅くなるのがわかり、ラシードはふいに有利な立場にいると気づいた。今この瞬間は、彼女は自分のものだと。

　もっと激しい反応を引き出そうと、キスを深めた。彼女を店から連れ出して車に乗せるまで、キスをやめずにこちらに意識を向けさせておく必要がある。

　シェリダンの唇がさらに少し開き、舌がためらいがちに彼の舌にからみついてきた。

　一瞬にしてラシードの体が熱をおび、こわばった。まったく予想外のことだった。だがすぐに、こうなるのも当然だと自分に言い聞かせた。女性を抱いたのはもうだいぶ前のことだ。国王になってから二カ月間、プライベートな時間はいっさいなかった。もはや一般市民ではない以上、ふらりとクラブに出かけて美しい女性を見つけ、家に連れ帰って一夜の熱い情事を楽しむわけにはいかないのだ。

もちろん、女性を呼び寄せることはできる。だが、セックス目当てに誰かに女性を連れてこさせるような男はどうかと思う。

僕は堅物ではないし、他人がどうやって欲望を満たそうと口を出すつもりはない。ただ、僕自身はこれまで金を払って女性とベッドをともにしたことはないし、これからもそうするつもりはない。一夜のベッドのために、まるでルームサービスを頼むように女性を連れてこさせるのは、金を払うのと同じことだ。

もちろん彼女たちを娼婦《しょうふ》のように扱うつもりはない。しかし、だからといって気がとがめないわけではない。

それを考えると、枢密院が推薦するよその国の王女や資産家の娘の中から近いうちに妻を選ばなくてはならないだろう。とはいえ、今まで人物調査書が送られてきた女性たちの誰かとベッドをともにすることは想像できない。もちろん、これから一生その女性と朝食の席で向き合うことも。

いまいましいカディルのせいで僕は王位につかざるをえなくなった。昔から王になりたかったのは確かだが、その立場がどんなに窮屈なものかわかっていなかった。僕は国の統治者であり、国民の生死を握る権力と絶対的な権威を持っている。言うまでもなく、私生活はない。日々のささやかな喜びを分かち合う相手もいない。

そのことでこんなに気がふさぐとは思っていなかった。ダリアが恋しい。欠点があっても、いや、欠点があるがゆえに僕を愛してくれる人がいないことが寂しい。ダリア亡き今、僕は独りぼっちだ。

腕の中でシェリダンが身じろぎし、ラシードは彼女のとまどいとためらいを感じ取った。彼女は自分と闘っているのだろう。だが、そろそろ本能に打ち勝って、僕と闘うはずだ。

彼女は人を喜ばせるのが好きなタイプだって？　そうかもしれないが、僕を喜ばせるのが好きなわけではない。それは今やよくわかっている。

怒りと欲求不満に突き動かされ、ラシードはさらにキスを深めてシェリダンの唇を荒々しくむさぼった。彼女を混乱させたかった。黙らせておきたかった。それに、うろたえさせたかった。まったく、この僕に逆らうなんてとんでもない話だ。

シェリダンがラシードの上着の襟をきつくつかんだ。それから、彼と同じくらい激しくキスに応えてきた。久しぶりに経験する興奮に、体が反応する。一方の彼女は苦しげに息をし、喉の奥から声をもらした。

あまりにも急激にシェリダンを駆りたててしまったことに不安を覚え、ラシードは唇を離した。自分の体の反応に動揺しつつ、シェリダンが何か言う前に彼女の頭を胸に引き寄せる。

「静かにするんだ、いとしい人《ハビブティ》。これから君の家へ行く」ラシードは呆然《ぼうぜん》とこちらを見ている客たちにほほえみかけ、大股に外へ向かった。

店の出入口前の階段を下りるとすぐに車のドアが開けられ、ラシードはシェリダンを座席に下ろした。彼女はとても小さくて軽く、まるで繊細な磁器のようだ。壊してしまいそうで怖かったが、彼女が見た目より強いことはわかっていた。

ラシードがシェリダンの隣に乗りこむと同時にドアが閉められ、車は静かに縁石を離れて通りを走りだした。運転席と後部座席を隔てる仕切りが上がり、二人の間に重苦しい沈黙が漂った。

「あなたは私をさらったのよ」怯《おび》えのにじむ小さな声が聞こえ、ラシードはシェリダンを見た。金色の髪が窓から差しこむ太陽の光を受けて輝き、瞳は恐怖に見開かれている。楽しい気分ではないが、こうする必要があるのだと自分に言い聞かせた。なんとしても彼女を従わせる必要があるのだと。

ラシードはシートにもたれ、ずりあがったジャケットの袖を直した。「警告したはずだ」

「野蛮人ではないと言ったくせに」シェリダンは膝の上で両手を握り締めている。ピンクのワンピースを着た彼女は綿菓子のような香りがして、ラシードはその髪に鼻を押しつけたくなった。

「ああ、そのとおりだ」

「だったら、どういうことかしら。まさに今あなたがしたようなことをするのが野蛮人だと思っていたけれど」

なんと生意気な態度だろう。彼女がまったく痛手を受けていないのは明らかだ。それなら怒りを抑えることはない。

「僕は砂漠の王だ。もちろん野蛮人だ。どうせそう思っているんだろう？　僕がアラビア語を話すから。男性がローブみたいなディシュダーシャを着て、女性がベールをかぶっているような国だから、自分たちより文明化していないと思いこんでいるんだろう？」

シェリダンが唇をきつく結んだ。「あなたが自ら野蛮人だと証明したんじゃないの。クリニックで手違いがあったからといって会ったこともない女性をさらうなんて、いったいどういうつもりなの？」

彼女の瞳に再び紫色の炎が燃えあがった。その炎はなぜかラシードの怒りをあおると同時に興味をそそった。

「君と言い争いをしている暇はないんだ。僕はキルの国民の命をこの手に握っている。だから、さっさと職務に戻らなくてはならない。それに、生まれた子供を君がすんなり引き渡すとは思えない。だからこうせざるをえなかったんだ」

シェリダンの瞳が怒りに暗く陰った。「あなたが欲しがっているからというだけの理由で、子供を手放すつもりはないわ」

「姉さんのためにはそうするつもりだったんだろう」

「それは話が違うわ。姉のために子供を手放しても、私は慕われる叔母としてその子の人生に関われるもの」シェリダンはそこでふいにかぶりを振った。「なぜこんなことを言い争っているの？　私が妊娠したかどうかもまだわからないのに。最初の人工授精はうまくいくとは限らないそうよ」

「ああ、だが、僕は危険を冒す気はない。僕の子供はいずれ王になる。アメリカの狭いアパートメントで暮らし、一日十六時間働いて、自分のやりたいことのために子供をないがしろにする母親に育てられるべきではない」

シェリダンは顔を真っ赤にして、うなるように言った。「よくもそんなことを……私のことを何も知らないくせに、どうしてそんなことが言えるの？　私は自分の子供をないがしろになんかしないわ。ぜったいに！」

シェリダンは激怒していた。確かに子供を育てるつもりはなく、産んだ赤ん坊は姉の子になるはずだった。だが、この男性にしたり顔で、仕事のために子供をないがしろにするに違いないと言われるとひどく腹が立ち、反論したくなった。

「あなたが一国の王だからって、好き勝手にさせるものですか。私にも権利はあるのよ」

シェリダンを見つめるラシードの目は魅惑的だった。なぜ彼はこんなに美しいの？　こんなに黒い髪も、こんなに底知れない瞳も、見たことがない。もし彼が俳優なら、あの頬骨は整形手術の賜物《たまもの》ではないかと疑っただろう。彼の顔はまさに完璧だ。輪郭も造作も、なめらかなブロンズ色の肌も。

シェリダンの視線が彼の唇に落ちた。形の整った唇が、さっき私の唇に押しつけられた。熱い波がまた喉を這《は》いあがってくる。彼は私を黙らせるためだけにキスしたのに、とっさに抵抗する気にならなかった。彼の激しいキスを思い出すと、今も唇がうずく。唇が腫れたように感じるのは、すばらしいキスを思う存分味わったしるしだ。

突然、自意識過剰になり、シェリダンは彼から目をそらした。キスをするのは久しぶりだった。男性とベッドをともにする興奮や喜びからも長いこと遠ざかっている。でも、自分が寂しい女だと思ったことはない。忙しくて男性とつき合う時間がないだけだと思っていた。

それなのに、彼とキスをしたとたん、自分が愛情に飢えていたように感じた。男性とベッドをともにしていなかったことが、思っていた以上に大きな意味を持っているような気がした。彼は善良な人でもないのに、どうしてこんな気持ちになるのだろう？

シェリダンが最後につき合ったのは女たらしの会計士だった。彼が別の女性の首に舌を這わせているところを目撃する瞬間まで、自分が彼にとって特別な存在だと信じていた。そして彼と別れたときに、これからは信用できる善良な人としかつき合うまいと心に誓ったのだ。

ラシード・アル・ハッサンは決して善良な人ではない。信用できる人でもない。でも、私の体を生き生きと目覚めさせ、心に火をつける。一度キスしただけなのに、すでに私は彼に身を寄せてもう一度唇を重ねたいと思っている。

どうかしているわ、シェリダン。

「きっと君には子供より欲しいものがあるはずだ」

彼のよどみない言葉に思考をさえぎられ、シェリダンの心臓は狂ったように打ちはじめた。

「ないわ」

ラシードは片方の眉をつりあげた。シェリダンの嫌いな優越感に満ちたしぐさだ。「金か？　金ならいくらでもやろう。離婚が確定したら、君はとても裕福になる」

離婚？　ほんの一時間でもこの男性と結婚すると考えただけで、胃が足元まで落ちたような気がした。

「あなたのお金なんかいらない。それに、あなたと結婚するつもりはまったくないわ」

「どんな人間も金で動くものだ、シェリダン。それに、もし妊娠していたら、君には僕の妻になってもらう。もちろん名目上の妻だが。僕の子供が婚外子として生まれることはない」

ラシードが口にした自分の名前には異国風でセクシーな響きがあった。官能が刺激され、血が激しく脈打ったが、同時にきまり悪さを感じた。彼のほうには心ならずもシェリダンに惹《ひ》かれて困っているようすはなかったから。

「私は姉のために子供が欲しいだけなの。だから、子供は姉に渡すつもりよ」

「僕の後継者を産んだあと、また妊娠すればいい」

シェリダンは唇を引き結んだ。「ずいぶん冷淡な言い方ね。まるで何もかも医学的な処置ですむ話みたいに」

「実際のところ、そうじゃないか」ラシードの口調は冷たくなめらかで、水面に張った氷のようだった。「僕たちはベッドをともにしたこともないのに、君は僕の子供を妊娠しているかもしれない。それは医師が注射器を使って僕の精子を注入したからだろう。この話のどこが医学的ではないんだ？」

シェリダンは喉につかえた塊をのみ下した。「私は姉のために子供を産むことになっていたのよ。義理の兄の精子を使って。だとしたら医学的な処置に頼るしかないでしょう？」

「だが、そこで使われたのは僕の精子だった。それを知って僕がどんな気持ちになったかわかるか？」

シェリダンはぱっとラシードを見た。今この瞬間まで、彼がどんな気持ちになったかなど考えてもみなかったと気づき、自分の浅はかさを恥じた。

しかし、ラシードと目が合った瞬間、その感情は消えた。彼は相変わらず冷ややかにこちらを見ている。ラシード・アル・ハッサン王はまるで氷の塊のようだ。ただ、唇を押しつけてきたとき、不思議なことにその氷は熱く燃えていた。

シェリダンは神経質にワンピースを撫《な》でつけた。

「あなたの気持ちを考えていなかったことは認めるわ。きっと怒りを覚えたでしょうね」

「それほどでもない」ラシードは黒い瞳をぎらつかせた。「キルには王も従わなくてはならない法律があある。君は僕たちを野蛮人だと思っているかもしれないが、王が国外の精子バンクに精子を預けておくのにはもっともな理由があるんだ。王の精子は使われることを目的に保存されているわけではない。緊急事態は別として」

緊急事態とはどういうときか、シェリダンは考えたくなかった。だが、たぶん彼が急死し、跡を継いで王となる者がいないという状況になったときのことを言うのだろう。

「いざというときのために精子を保存しておくというのはわかるわ。将来を見越してそういうことをするんでしょう」

「今回のような間違いが起きたことを考えると、将来を見越しているとも言えないがね」

シェリダンは本能的におなかに手を当てた。新たな怒りのせいで胃が引きつった。「この子を〝間違い〟と呼ぶなら、あなたを信頼することはけっしてないわ。あなたは私にこの子を手放せと言う。それなのに、まるでこの子を自分の子供というよりは単なる後継者としてしか見ていないような言い方をするのね」

「その子は僕の後継者だ。少なくとも別の子供が生まれるまでは」

　シェリダンの鼓動が速まった。「キルでは王が後継者を選ぶことができるそうね」彼女は平らなおなかの上に広げていた手を握り締めた。ここに赤ん坊がいるかどうかはまだわからないが、この子を守らなくてはならないと感じた。

「それが僕の国のやり方だ」

　そうかもしれない、でも、子供の成長にとってはひどいやり方に思える。おそらく不健全な競争心をあおることになるだろう。「お父さまが亡くなる直前まで、あなたは王に選ばれなかった。そのせいでどんな気持ちになったの？」

　ラシードの黒い瞳が強い光を放ち、シェリダンははっとした。キルの獅子《しし》と呼ばれるこの男性の尾を引っぱってしまったらしい。ラシードはまるでひと噛みでおまえを二つにちぎってやるとでも言いたげな目で彼女を見た。しかし、その声はいつものように冷ややかだった。

「調子にのりすぎだぞ、シェリダン・スローン。もう少し慎重になったほうがいい」

　シェリダンもそうするべきだとわかっていたが、できそうになかった。「なぜ？　でないと私を誘拐か何かするから？」

　ラシードの視線が彼女の全身をゆっくりと這った。

「ああ、誘拐か何かをね」

4

キルは暑い。サヴァナも暑いが、海に近いせいで湿気がある。キルはペルシア湾に近いのに湿気がない。体の水分をすべて吸い取られ、息をするのも苦しいほどの熱気だ。そして、シェリダンが予想もしていなかったことに、美しかった。

砂漠の砂はほとんど赤に近く、遠くにそびえる砂丘は波のようにうねっている。空港から宮殿へ向かう道路には、背の高いなつめ椰子《やし》の木が整然と植わっていた。シェリダンはラシードと同じ車に乗ったが、宮殿に着くと、人けのない寂しい翼棟へ連れていかれた。

自分がここにいることがまだ信じられない。シェリダンは案内されたスイートルームを歩きまわり、その建築様式に驚嘆した。天井に届きそうなアーチ、カラフルなタイルのモザイク、彩色がほどこされた壁と天井。部屋の真ん中は一段低くなっていて、色とりどりのクッションが置かれている。ドーム型の天井には小さな窓がいくつもあり、そこから差しこむ光が床のタイルに日だまりを作っている。

美しく、寂しい空間だ。シェリダンは大きな部屋で一人、クッションに座っていた。なんの音も聞こえない。テレビもラジオも電話も見当たらない。携帯電話は持ってきたけれど、電波が入らない。

クッションに寄りかかり、泣くまいと心に誓った。光と音と活気が大好きな者にとって、こんなふうに静かで薄暗い場所にいるのは苦痛だ。つい昨日はミセス・ランズのパーティでおおぜいの人に囲まれていた。そのあとは店の奥のオフィスで、通りを行き交う人々の声やラジオから流れる最新のヒット曲を聞きながら仕事をしていたのに。

残してきたさまざまなものが頭に浮かび、涙がこみあげたが、シェリダンはなんとか抑えこんだ。

ラシード・アル・ハッサンは暴君だ。ずかずかと私の人生に踏みこみ、強引にこんな場所まで連れてきた。すべては愚かな精子バンクが精子を取り違えたせいだ。私は姉にかけがえのない贈り物をするはずだったのに、こんなところにいる。無作法で傲慢で、罪深いほど魅力的で、氷山ほどのぬくもりしか持たない男の囚人となって。

王室専用機に乗りこむまで、ラシードは誰とも連絡を取らせてくれなかった。その飛行機の贅沢《ぜいたく》さにはいまだに驚きがおさまらない。あんな豪華な飛行機を見たのは初めてだ。革や金が使われ、美しい絨毯《じゅうたん》が敷かれて、バスタブはなんと大理石だった。飛行機に大理石だなんて!

制服を着た客室乗務員は明るい笑顔でてきぱきと仕事をこなし、王には深々とお辞儀をした。王のそばに来る者は誰でも頭が床につきそうなほど深いお辞儀をしたが、王は気にもとめていなかった。

シェリダンは愕然《がくぜん》とし、おじけづいた。彼はただの男性だと自分に言い聞かせてはいたが、飛行機の中でそう思っているのは彼女だけのようだった。ついにケリーとクリスに連絡するのを許されると、シエリダンは手にしっかりと電話を握り締め、どうにか取り乱さずに、一週間出かけることになったと説明した。当然ながら、アニーと話すことは許されなかった。

ケリーとクリスは、キル王国の王が現れたと聞いてもたいして動揺しなかった。救いようのないロマンチストのケリーは、彼はハンサムなのか、いずれ彼と結婚しなくてはならないのかと尋ねた。シェリダンは電話を持つ手に力をこめ、たとえラシードがそう望んでも鮫《さめ》と結婚するほうがましだと言いたいのをこらえ、もし妊娠していたら、あせらず慎重に対策を考えるつもりだと告げた。

クリスは気持ちを強く持つようにと励まし、アニーのことは心配しなくていいと言った。きっとうまくいくと。クリスがアニーにこのニュースを伝えることを考えるとシェリダンは泣きそうになったが、唇を噛《か》み締めて涙をこらえ、彼に礼を言って、また連絡すると伝えた。

広げた手をおなかに当て、シェリダンは考えた。もしここに赤ちゃんがいたら、私はどうなるの？

この牢獄《ろうごく》に差しこむ一条の光を見あげ、すすり泣きがもれないように拳を口に押し当てた。十カ月間、私は彼の名目上の妻として囚《とら》われ、ここに閉じこめられる。子供が生まれたら彼に冷たく離婚を言い渡され、独りぼっちで家に帰されるのだ。

絶望が胸いっぱいに広がり、そのせいで窒息してしまうのではないかと思った。やがて牢獄のドアが開く音がした。カフタンを着て頭にスカーフを巻いた女性が入ってきて、近くのテーブルにトレイを置いた。シェリダンは立ちあがり、皿の蓋をはずしている女性に近づいていった。

「おいしそうな匂いね」おなかが鳴り、自分でも驚いた。昨日ラシードが店に現れて以来、ずっと胃がむかむかしつづけていたのだ。

女性が礼儀正しくほほえんだ。「あなたは食べなくてはならないと、陛下がおっしゃっています」

食べなくてはならない――当然ラシードはそう言うだろう。シェリダンは彼に反抗したくてたまらなかったが、そのためにひもじい思いをするほど愚かではなかった。

「ラシード王がどこにいるか教えてもらえる？　話がしたいの」

なぜなら、なんの刺激もないこんな部屋に一人でいたら、頭がどうかなってしまうからだ。本はたくさんあるが、すべてアラビア語で書かれている。

女性がかぶりを振り、笑顔のまま言った。「召しあがってください」

そして軽く頭を下げ、ドアへ向かった。シェリダンは二秒考えてからあとを追った。しかし、追いつく前に女性はさっさと出ていってしまった。

ドアを開けてみたが、状況はさっきと何も変わっていなかった。ディシュダーシャを身につけ、腰に剣を下げた男が、腕を組んで廊下に立っている。彼は王に劣らず冷ややかな目でシェリダンを見た。

「ラシード王と話がしたいの」彼女は言った。

男は身じろぎ一つせず、黙ったままだ。

怒りがわきあがるのを感じながら、シェリダンは見張りに近づいていった。見張りは大柄で屈強な男性だが、その前を通り過ぎて誰かほかの人を見つけるまで歩きつづけるつもりだった。

しかし、彼に行く手をさえぎられ、足をとめざるをえなかった。

「じゃましないで」シェリダンは見張りをにらみつけた。だが、彼はまったく動じていないようだ。シェリダンは勇気をかき集め、身をかわした。しかし、彼は大きな体で再び行く手をふさいだ。

猛々《たけだけ》しい感情が心の奥深くでうなりをあげた。私は見知らぬ場所で、私と話をしようともしない大男に見張られ、寂しくて、腹が立って、怯《おび》えている。

だからシェリダンは生まれてこのかた一度もしたことがないことをした。見張りの足を踏みつけたのだ。

そして、息をのんだ。見張りがどんな靴をはいていたか知らないが、それは華奢《きゃしゃ》なサンダルよりもはるかに固かった。シェリダンは足をつかんではねまわりたい衝動を必死にこらえた。山のような大男は声一つ出さずに彼女の腕をしっかりとつかみ、部屋の中に戻した。目の前で閉められたドアを、シェリダンは呆然《ぼうぜん》と見つめた。足もプライドも傷ついていた。ドアを開け、うるさい蠅《はえ》のようにもう一度抵抗してみようかと思ったが、また同じ目にあうだけだとわかっていた。

両手を腰に当て、部屋を見まわし、必死に考えをめぐらした。それから料理ののったトレイの前まで行き、足をとめた。大きくて頑丈そうなトレイだ。銀製のようだから、とても重いだろう。

シェリダンは目を閉じ、深く息を吸いこんだ。こっそり廊下に出て、これで見張りの頭をたたこうなんて思っていないわよね？　彼は命じられた仕事をしているだけなのよ。本当に襲いたいのはラシード・アル・ハッサンなのに見張りを襲うなんて、どうかしているわ。

目を開け、シェリダンは再び部屋の中を歩きまわりだした。窓がある。あのガラスを割ったらものすごい音がするだろう。やりすぎよ、淑女は人のものを壊したりしないわ。頭の片隅でそんな抗議の声が聞こえた。しかも、歴史的建造物の保存を学んだ建築士が古い宮殿の窓を壊すなんて、もってのほかだ。

でも、今は緊急事態と言える。ラシード・アル・ハッサン王はすでに先手を打った。そして、その行動は礼儀正しくも思慮深くもなかった。だったら、なぜ私が礼儀正しく応じなくてはならないの？

ゲームは始まっているのよ……。

朝から続いた枢密院との会議を終え、ラシードがようやく昼食をとりはじめたとき、目を大きく見開いたムスタファが急ぎ足でオフィスに入ってきた。そして、深々とお辞儀をしてから体を起こした。

「話せ」ラシードは言った。そう命じるまでムスタファが話さないのはわかっている。

「あの女性のことです、陛下」

ラシードはチキンとライスが盛られた皿の上で手

をとめ、スプーンを置いた。「彼女がどうしたんだ、ムスタファ？」

「彼女が、その、窓を壊しました。そして、陛下との面会を求めています」

不安が棘《とげ》のようにラシードの胸に刺さった。「彼女は怪我《けが》をしたのか？」

「小さな切り傷をいくつか負ったようです」

ラシードはすぐに立ちあがった。ドアを抜け、女性たちの部屋がある翼棟へ向かって廊下を歩きながら、鋼のように冷たい怒りがわき起こるのを感じた。安全だと思ったから、シェリダンをあの部屋に残してきた。それに、彼女をどう扱えばいいかわからなかったから。この翼棟に住みつづけていた父親の二人の妻たちを実家に帰らせたときは、自分の妻を迎える準備をするためだと説明した。だが本当は、宮殿から追い払いたかっただけだ。父親が晩年になって結婚した彼女たちは、父親よりはるかに若い。その女性たちを見るたびに、争いの絶えなかった父と母のことを思い出させられた。だから彼女たちを宮殿に置いておく気はなかった。

ラシードはひざまずく召使いたちには目もくれずに歩きつづけ、ようやくシェリダンの部屋に着いた。ドアの前には彼が見張りを命じたダオウドが立っている。

ダオウドがひざまずき、額を床に押しつけた。

「お許しください、陛下」

「何があった？」

ダオウドが顔を上げると、ラシードはもどかしげに話せという合図をした。ダオウドが立ちあがった。

「あの女性がこの部屋を離れようとしたので、私はとめました」

「彼女に怪我をさせたのか？」ラシードの口調は鞭《むち》のように鋭く、ダオウドの顔がさっと青ざめた。

「いいえ、陛下。私は彼女の腕をつかんで部屋の中に戻し、ドアを閉めました。すると数分後、ガラスが割れる音が聞こえたのです」

ラシードはダオウドを押しのけるようにして部屋に入った。細長い窓の一つにはガラスがなく、熱い空気と砂粒が吹きこんでいる。床に飛び散ったガラスを、二人の男が片づけていた。

部屋の真ん中のクッションに座るシェリダンはひどく小さく、意気消沈しているように見えた。腕にできた二つの小さな傷が目に入り、胸が締めつけられた。だが、分身とも言える氷はラシードを見捨てなかった。それはあっという間に心をおおい、隅々まで広がって、シェリダンに対して抱いたほんのわずかな同情の念さえ凍りつかせた。

そのとき、シェリダンが顔を上げた。「偉大なる王のお出ましね」

「外へ」ラシードは命じた。ガラスを拾っていた男たちがすぐに立ちあがり、出ていった。バスルームから現れた女性も、サイドテーブルに小さなボウルと布を置いて立ち去った。

背後でドアが閉まると、ラシードはクッションに座っているシェリダンに近づいていった。今日はブロンドの髪を下ろしている。その髪が長くつややかで、まったくのストレートであることに気づき、ラシードは驚いた。着ているのは小花模様の明るいブルーのワンピース、足には白いサンダル。ストラップに小さな貴石がついている。王家の跡継ぎを身ごもっているかもしれない女性というよりは、ちょっと行儀の悪い、溌溂《はつらつ》としたかわいい女の子という感じだ。

そして、腕には小さな傷がある。自業自得だ。ラシードは自分にそう言い聞かせた。シェリダンが布を手に取り、傷に押し当てると、白い布が赤く染まった。

「いったい何をしたんだ、ミス・スローン？」

熱い外気が入りこむ窓の片側に、銀のトレイが放り出されている。こんな小柄な女性がこんな乱暴な行動に出たということに、ラシードは心底驚いていた。

シェリダンは彼のほうを見ずに言った。「子供じみたふるまいだったのは認めるけど、私は怒っていたのよ」そこでようやく目を上げた。「することもなく話す人もいないこんな場所に放っておかれているんだもの」

「自分の思いどおりにならないと、君はこういうことをするのか?」

シェリダンの視線は揺らがなかった。それどころか、瞳に紫色の怒りの炎が燃えあがったように見えた。

「いつも自分の思いどおりにいかないことくらいわかっているわ」彼女はつんとして言った。「でも、こんなふうに囚人扱いされたら、話が違うと思ったの。それで自分でなんとかしようとしたのよ」

ラシードは目をしばたたいた。「囚人?」豪華な部屋を示すように両手を広げる。「僕がいつも泊まる一流ホテルでも、これほどの設備は整っていない。それを牢獄だというのか?」そう言いながらも、かすかな罪悪感が胸を刺した。かつてカディルと一緒に使っていた子供部屋も豪華だったが、まるで鳥籠のように思えて、早く逃げ出したくてたまらなかった。贅沢な環境が人を幸せにするわけではない。そのことはたいていの人よりもよく知っている。

シェリダンはどう見ても幸せそうではなかった。

「どんな安ホテルにもテレビくらいあるわ。パソコンも、ラジオも、電話も。ここには本はたくさんあるけれど、英語で書かれていないから私には読めないのよ」

ラシードは顔をしかめた。振り返り、部屋を見まわす。確かに彼女の言うとおり、テレビもパソコンもない。あるのは家具とカーテンだけだ。父親の妻たちが何もかも持っていってしまったのだろう。

「改装させよう」

「どんなふうに、ラシード？」

シェリダンが口にした自分の名前を聞き、ラシードははっとした。彼女の声はやさしく、発音はなめらかで耳に心地よい。もう一度彼女に名前を呼んでもらい、その響きを味わいたかったが、そんなばかげた考えは押しやった。

「テレビを持ってこさせよう。それにパソコンも。君が快適に過ごすために必要なものはなんでも」

「でも、囚人であることに変わりはないわ」

ラシードは歯噛みした。「君は囚人ではない。僕の客だ。快適な生活は保証されている」

「人と話したくなったらどうすればいいの？　一日じゅうテレビを見るのに飽きたら？　私はビジネスウーマンなのよ、ラシード。一日じゅう家にいて、ぼんやりしているなんていやなの」

「話し相手を見つけよう」

シェリダンが大きなため息をついた。それからもう一度、布で腕の傷を押さえた。ラシードの怒りが再び燃えあがった。

「君はもっとずっとひどい傷を負っていたかもしれないんだ」彼はうなるような声で言った。「ばかげたふるまいをする前に、おなかの赤ん坊のことを考えもしなかったのか？」

シェリダンがぱっと顔を上げた。その目を一瞬、うしろめたさがよぎった。「あれが間違いだったのは自分でもわかっているわ。それに、実際に行動を起こす前に、自分が何をしようとしているかは考えたし。ただ、ガラスがこんなふうに粉々になって飛び散るとは思わなかったのよ。少し離れてトレイを投げたんだけど、思ったより力が入ってしまったみたい」

トレイを投げた？　窓に向かって？　なんて愚かな女だろう。だが、今は後悔しているように肩を落としている。ラシードは彼女を揺さぶりたくなった。そして、すまなかったと言いたくなった。

どこからそんな言葉が出てきたんだ？　彼女にあやまることは何もないじゃないか。

本当にそうだろうか？

僕はいやがるシェリダンを無理やりキルへ連れてきた。だが、ほかにどうしようもなかったのだ。彼女は僕の子供を身ごもっているかもしれない。確実なことがわかるまでは、彼女をアメリカで一人で暮らさせるわけにはいかなかった。仕事をさせるわけにはいかなかった。何かあったらどうする？　彼女の店に強盗が入ったり、アパートメントに誰かが押し入ったりしたら？　そう考えただけでラシードはぞっとした。

「もうこんなばかげたことはしないな、ミス・スローン」

「そのつもりよ。でも、話し相手はいらないわ。その代わり、この部屋を出たり入ったりする自由が欲しいの。話したい人と話せる自由が。それに、ときどきはあなたとも話したいわ。もし妊娠していたら、子供の父親である男性についてもっとよく知りたいから。もし妊娠していなかったら、家に帰ってあなたに会ったことは忘れるわ」

ラシードは体をこわばらせ、まるで小さな君主のように座っているシェリダンを見おろした。まったく、いい度胸だ。しかし、彼女の要求はとうてい受け入れられない。彼女とは関わりたくない。もし彼女が妊娠していたら、そのときは適切に対処しよう。とにかく、こうして安全な場所に連れてきたのだから、彼女のことを忘れて仕事に専念したい。

「部屋を出入りしたければ、そうしていい。だが、召使いに案内してもらって、その指示に従うんだ。

それから、そういう服を着るのはやめてくれ。キルの女性たちのような服装をすれば、相手に敬意を払うことになる」

シェリダンが再び顎を上げた。「敬意を示してくれる相手には、私もきちんと敬意を示すわ。でも、頭から爪先まで黒いローブに包むのはお断り――」

怒りがこみあげ、ラシードはさえぎった。「君はまた僕たちの国について勝手な思いこみをしている。裁縫師をここに来させるから、自分の好きな色の生地を選べばいい。これはゆずれない」

シェリダンは一瞬、唇を引き結んだ。だが、少しして表情をゆるめ、口を開いた。「それで、あなたにも会えるのよね？　服装のことや部屋のこと以外にも話はできるんでしょう？」

口から出かかったイエスという言葉を、ラシードはなんとかのみこんだ。そんなことを言いかけた自分にショックを受けた。どうして彼女と一緒に過ごしたいなんて思うんだ？　そんなことはしたくないし、するつもりもない。キルに帰ってくる飛行機の中でずっと彼女とのキスを思い返していたのは確かだが、それはもう長いこと女性とベッドをともにしていないせいだ。

「そんなことをする必要はない」ラシードはそっけなく言った。「国を治めている王にそんな暇はないんだ」

「私は必要だと思うわ」シェリダンの声は穏やかで、なぜか傷ついたような響きがあった。

ラシードは心を動かされまいとした。シェリダンは赤の他人で、もしかしたら僕の子供を宿しているかもしれない母体にすぎない。彼女のことなど気にかけていないし、これから気にかけるつもりもない。

「だが、これもゆずれない」彼はそう告げるとシェリダンに背を向け、部屋を出た。

5

理由はわからないが、ラシードが出ていくのを見るのはつらかった。彼のことは好きではない。むしろ嫌いだけれど、その拒絶に、シェリダンは傷ついた。私はラシードの子供を身ごもっているかもしれないのに、彼は私がどんな人間なのか興味を持ってさえいない。私のことなど知りたくないし、自分のことを私に知ってほしいとも思っていない。

男たちが戻ってきて再びガラスを片づけはじめても、シェリダンは動かなかった。食事を運んできてくれた女性がまたやってきても。ファティマと名乗ったその女性はシェリダンから布を受け取り、もう一度傷をふいた。小さな傷だが、ずきずき痛んだ。

ああ、私は本当にばかだった。感情的になりすぎて、とんでもないことをしてしまった。でも、狙いは当たったのだ。ラシードが現れたのだから。それに、彼はささやかな自由を約束してくれた。だから勝利には違いない。

ファティマは傷に軟膏《なんこう》を塗ってから、薬を片づけにバスルームへ行った。

なぜこんなことになってしまったのだろう？ 私は誰にでも気さくに接するし、おしゃべりするのが大好きだし、出会った人みんなに好感を持つ。昨日、ラシード・アル・ハッサンが現れるまで、自分は人を嫌うことができないのだとさえ思っていた。

もちろん腹の立つ人はいる。アニーがもっと強くなろうとしないことにもいらだつけれど、結局あとで罪悪感に駆られる。アニーは私の持っている長所を何一つ持っていない。社交的ではなく、人気者でもない。どうやって人に話しかけていいかわからず、友達も作れない。だから私がアニーに腹を立てるのは間違っている。

ティーンエイジャーのころ、母親に言われた言葉が脳裏によみがえった。アニーも一緒に誘われなかったからといって、自分までパーティに行けないのはおかしいと文句を言ったときのことだ。

〝アニーはあなたと違うのよ、シェリ。やさしくしてあげないと。気遣って、守ってあげないと〟

周囲の者たちが甘やかさなければ、アニーはもっと強くなったかもしれない。そう思うのはこれが初めてではない。姉が自立せざるをえないように仕向け、友達を作らせ、自分自身と闘わせていたら……。

シェリダンは片手を握り締め、長い間じっとそこに座っていた。この期に及んでも、自分のことを心配するよりアニーに電話をしてようすを確かめるべきだと感じてしまう。

ふと顔を上げると、さらに数人の男たちが部屋に入ってきたところだった。彼らは早口のアラビア語を話しながらメジャーを引き出し、紙に何か書きつけて、それから出ていった。

そのあと二時間ほどの間に、あらゆることがすばやく効率的に進められていった。だが、シェリダンは新しいガラスが運ばれてきたところを見なかった。三人の女性裁縫師とともに寝室にこもっていたからだ。寝室にはたくさんの布と移動式ラックにかかった服のサンプルが運びこまれた。通訳をするために英語を話す若い女性もついてきた。

「これはいかがですか？」

つややかなピーチ色の生地を見て、シェリダンはたちまちうれしくなった。「とてもすてきだわ」

女性たちが着ている服は美しかった。自分が先入観にとらわれていたことを思い知らされ、シェリダンは恥ずかしくなった。女性は黒いブルカで頭から足まですっぽりおおうものだと思っていたが、キルイではそんなことはないらしい。

女性たちが身につけているのは、丈の長いカラフルなカフタンだった。体の線の出ないシンプルなデザインで、首元と身ごろが刺繍《ししゅう》とビーズで飾られている。頭をおおうヒジャブはつけてもつけなくてもいいようだ。二人はつけているが、あとの二人はつけていない。

女性たちの作業はすばやかった。巻かれた布を広げてシェリダンの体に当て、針を打ってから離し、また新しい布を当てた。シェリダンはラックにかかっていたカフタンを二着試着した。一着は華やかな珊瑚《さんご》色、もう一着は紫の瞳の色を引きたてる淡いラベンダー色だ。着替えを手伝ってくれた女性裁縫師は、店に戻って数時間でその二着をシェリダンの体に合ったサイズに仕上げられると請け合った。

女性たちがすべてをしまいこんで出ていくと同時に、二人の男性がファティマと一緒に入ってきた。

男たちは箱に入った薄型テレビを運んできて、ベッドにいちばん近いサイドボードの上に設置した。

居間にもテレビが置かれた。最新型のパソコンと電話も取りつけられた。窓にはもう新しいガラスがはめられている。

シェリダンは喉が締めつけられるのを感じた。ラシードは約束を守った。テレビもパソコンもすぐに用意してくれた。うれしいけれど、私が求めたのはそれ以上のものだ。彼の時間。自分の子供の父親かもしれない男性についてもっとよく知ること。

だがラシードは、その願いは聞き入れまいと決めているようだった。

シェリダンはリモコンを手に取り、テレビをつけてみた。壁にすえつけられた居間のテレビはとても大きい。突然、あらゆる色が現れて画面を満たすと、まるで映画のスクリーンを見ているような気がした。衛星放送の受信の仕方はすぐにわかった。ＣＮＮ

ンターナショナルのチャンネルを見つけ、英語の会話が耳に飛びこんできたとき、再び喉が締めつけられた。

英語が聞けてうれしかった。同時に、自分がここでどんなに孤独かを思い知らされた。あと一週間をどうやって乗りきればいいのだろう？ もしかすると、あと十カ月間を。

シェリダンは憂鬱な気分でファティマのところへ行った。ファティマは新しい紅茶とペストリーを運んできて、カップに紅茶をついでいた。相変わらず胃がむかついているが、試しにペストリーを食べてみようと思った。窓にトレイを投げつけようと決めたとき、食べ物は慎重にわきによけておいたのだが、そのあと次々にいろいろなことが起きて、何か口にする時間などなかった。

ペストリーをかじりながら、シェリダンは顔をしかめた。ラシードは私に嫌悪感を抱いている。ある意味でそれは当然のことだし、だから彼はあんな冷たい態度をとるのだろう。

ただその一方で、ラシードとのキスは私の体を燃えあがらせ、忘れかけていた欲望を呼び覚ました。思い出すと今も体が震える。口の中にすべりこんできた彼の舌を、私はむさぼるように味わった。

なんて恥ずかしいことをしてしまったの。

でも、少なくともあのときは、ラシードも同じように夢中になっていると思っていた。彼は飢えたように激しい情熱をこめてキスしていたから。でも、もちろん彼は自分が何をしているかわかっていたのだ。そして私は分別を失い、彼に好きなようにさせてしまった。

「ミス・スローン？」

シェリダンが顔を上げると、ファティマがそばに立って見つめていた。二人の男性はテレビの残りの部品やパソコンの箱をカートにのせて出ていった。

「はい？」

「ほかに何か必要なものはありますか？」

当然〝ない〟という答えを期待しているのだ。シェリダンは言った。「英語が上手ね、ファティマ」

「ありがとうございます。学校で勉強したんです」

「宮殿では長く働いているの？」

「まだ二カ月です」

「王のことはよく知っている？」

ファティマがかぶりを振った。「いいえ。ラシード王は長い間この国を離れていて、最近戻ってこられたんです。王の慈悲深い統治によって、この国は繁栄するでしょう」

〝慈悲深い統治〟と聞いて、シェリダンは笑いたくなった。なんと皮肉な話だろう。だが、かすかに好奇心をかきたてられてもいた。「長い間この国を離れていたですって？」

ファティマが少し不安げな顔をした。「宮殿の噂《うわさ》話《ばなし》で知りました。私には確かなことはわかりません。ほかにご用がなければ、もう失礼させていただいてよろしいですか？」大きく見開かれた彼女の目は、これ以上ラシードについてきかないでほしいと懇願しているようだった。

「ええ、ありがとう」シェリダンは答え、ファティマを安心させようとほほえんだ。

ファティマは膝を曲げてお辞儀をしてから、急ぎ足で出ていった。ドアを閉めるとき、最後にもう一度、怯《おび》えたような目でちらりとシェリダンを見た。

井戸の権利をめぐる二つの部族の争いを一日がかりで仲裁し、ラシードはようやく自分の部屋に戻ってほっとしていた。ここはかつて父親が使っていた部屋だが、帰国してすぐに業者を呼び、改装させた。おかげで三十七年間ここに暮らしていた父親を思い出させるものはもう何もない。

ごてごてした家具や自己陶酔としか思えない肖像画、彫像、分厚いダマスク織りの掛け布がかかった巨大なベッドは運び出させた。そして、あいた空間に使い心地のいいシンプルな家具を置き、見ていて心が穏やかになる絵を飾り、砂漠に合う風通しのいい布地を選んだ。砂漠は夜になるとかなり寒いが、それでもダマスク織りの布など必要ない。

ラシードは頭につけていたカフィーヤをはずしてソファに放ると、髪をかきあげ、携帯電話を取り出した。しばらく電話をじっと見つめてから、登録してある短縮番号を押す。

三度目のコールで、カディルが出た。「電話をくれてうれしいよ、兄上」

「やあ《サラーム》、弟よ」ラシードは唇の内側を噛《か》み、遠くの砂丘と夕日に目を向けた。急速に沈む太陽はオレンジ色に燃えている。カディルに電話をかけるかどうか、何時間も迷っていた。二人は昔のように親しくはない。それに、自分が誰かを必要としていることをなかなか認める気になれなかった。「元気か?」

カディルは笑った。「とても。最高に幸せだ」

「おまえは結婚に向いているんだな」棘《とげ》のある口調にならないように努めたが、たぶんそう聞こえてしまっただろう。それでもカディルはこのうえなく幸せな男性らしくラシードの発言を受け流してくれた。独身男性の浅はかな意見として。

「そうみたいだ。だが、エミリーには一瞬も気を抜けない。僕に無理やりケールを食べさせるんだ。ビタミンだかなんだかが入っていて、体にいいと言って。それに朝食には野菜ジュースを作る。緑色で、見た目は気色悪いんだが、ありがたいことに味はそれほどひどくない」カディルはため息をついた。「パンケーキとベーコンが恋しいよ」

ラシードは笑いそうになったが、ふいにダリアが作ってくれた食事を思い出し、ぐっと唾をのみこんだ。彼女はよく、故郷のウラル地方の料理だというおいしいパイを作ってくれた。そのパイが大好きだった。ダリアのことも大好きだった。

ラシードはもう一度唾をのみこんだ。「実は、おまえに超高層ビルを建ててほしいんだ、カディル」

カディルの頭が本格的に働きはじめる音が聞こえるようだった。「キル王国のプロジェクトかい？それとも個人的な事業なのか？」

「キル国内に〈ハッサン石油〉のビルが欲しいんだ。それをおまえに建ててもらいたい」

「だったら喜んで引き受けるよ。スケジュールを確認させてくれ。そうすればいつ打ち合わせに行けるかわかるから」

「ああ、そうだな」

カディルがため息をついた。この電話にはもっと別の目的があるのを感じ取ったかのように。「とにかくそっちへ行くよ、兄上がそうしてほしいなら」

ラシードは心からそうしてほしかった。久しぶりに友人に会いたかった。そして、カディルは最も親しい友人だった。だが、ずっと他人を締め出してきた生き方を変えるのは容易ではない。ダリアを受け入れてどうなったか考えてみろ。そんな声が聞こえる気がした。

「都合がつくときでかまわない。おまえがいなくなってから、こっちはいろいろと忙しいんだ」

「戴冠式に出なくてすまなかった。最初は出るつもりだったんだが、そのあと――」

「いいんだ」ラシードは息を吸いこんだ。「それより、おまえに話したいことがある」

「だったらすぐに行くよ」

これまで二人の間にさまざまな行き違いがあったにもかかわらず、カディルは来てくれるだろう。そう思うと、ラシードの胸には困惑するほど激しい感情がこみあげた。「いや、その必要はない。ただ、女性がらみでちょっと面倒なことになっているんだ」

「面倒？」弟の声にはとまどいが聞き取れた。

ラシードはため息をついた。それからカディルに今までのいきさつを話した。精子の取り違えがあったこと、アメリカへ行ったこと、人工授精を受けた女性を強引にキルへ連れてきたこと。カディルは長いこと黙っていた。この問題がもたらすいろいろな方面への複雑な影響を考えているのだろう。とはいっても、なぜ兄がそんなに神経質になっているのか、カディルにはよくわからないはずだ。ダリアとの結婚はべつに隠していたわけではないが、当時はロシアに住んでいたから、その話は家族にも伝わっていない。

赤ん坊を失ったことも、もちろん誰にも話していない。

「じゃあ、その女性は妊娠しているかもしれないのか？」

ラシードは、心をおおう氷がもろくなっているのを感じた。「ああ」

「それでどうするつもりだい？　彼女と結婚するのか？」

そのひと言――結婚というひと言で思考が麻痺《まひ》するのが、ラシードは気に入らなかった。「そうしなくてはならないだろうな。だが、出産がすんだら、彼女には子供を置いてアメリカへ帰ってもらう」

カディルが息を吐き出した。ラシードは一瞬、弟が笑っているのかと思ったが、聞こえてきた声は平静だった。「それはどうかな、兄上。僕の結婚したアメリカ人女性は、そんな提案をしただけで僕をぶちのめすに違いない。実際、ほとんどの女性は同じことをするだろう」

「十分な金を渡せば、姿を消すはずだ」

カディルはうめき声をもらしたようだが、耳の中で血が激しく脈打っているせいでよく聞こえなかった。「やってみればいい。あとで姿を消すことを彼女が受け入れれば、枢密院への対応は楽になるだろう。もし彼女が妊娠していたら、枢密院は彼女のことを受け入れざるをえない。だが、喜ばないだろうな」

ラシードは苦々しげに言った。「彼らが喜ぶかどうかに興味はない」

それは事実だった。枢密院のメンバーは伝統を重んじる賢い老人たちだが、一線を越えることは許さない。王の結婚相手はキルの女性が望ましいと考えているだろう。だが、自分がアメリカの女性と結婚したければ、迷わずそうする。僕は王なのだから。

「せめてその女性にやさしくすることだ、兄上。今もやさしくしているんだろうな?」

「もちろんだ」だが、ラシードの胸には罪悪感が広がった。二人が一緒に過ごす必要はないと告げたときの、大きく見開かれたシェリダンの目が脳裏から消えない。互いを知る必要はないと告げたときの、傷ついたような悲しげな目が。

「近いうちにそっちへ行くよ」カディルが言った。「エミリーを連れていけば役に立つだろう。かわいそうに、その女性は混乱して、怯えているだろうから」

「彼女には親切にしている」ラシードは弁解がましく言った。「僕の大事な客だからな」

カディルが静かに笑った。「どういうわけか、彼女はそう思っていないという気がするな」

さらに数分、ほかの話題について話をしてから電話を切ると、ラシードはため息をつき、自分の部屋から通じるたくさんのテラスの一つに出た。かすかに風が吹いている。庭のジャスミンの香りが混じった熱風だ。数時間後にはかなり冷えこむだろうが、今はまだ暑い。

沈む太陽の最後の光を受け、寺院の尖塔《せんとう》が黄金色に輝いている。通りで叫ぶ露天商人の声が、スパイシーな肉や焼きたてのパンの香りとともに風にのってここまで届く。

ラシードはすべてを吸いこんだ。ここが僕の故郷だ。思いがけず、シェリダン・スローンの姿が頭に浮かんだ。彼女にも故郷がある。そして僕は彼女を無理やりそこから連れ出した。もちろん彼女の身の安全を守るためだが、今、彼女は誰一人知り合いのいない見知らぬこの土地にいる。

罪悪感が胸を刺した。シェリダンの気持ちなど気にかけるべきではない。だが、もし本当に僕の子供を身ごもっているなら、彼女を動揺させ、ストレスを感じさせていいのか？　彼女を温かくもてなすべきではないのか？

自分が何をするべきかに気づき、ラシードは再びため息をついた。明日はシェリダンと一緒に昼食をとろう。話をすれば彼女は喜び、僕は自分の役割を果たしたことに満足して、また出かけられる。

ほんの一時間だ。一時間くらいなら、どんな相手にでもやさしくできる。

シェリダンは真夜中に目を覚ました。暗い部屋は静まり返っていて、寒かった。体を起こして足元から毛布を引っぱりあげようとしたが、それほど眠くないことに気づいた。時差のせいで睡眠が不規則になっているのだ。

ベッドを出て、寝巻きの上にシルクのローブをはおり、バスルームへ行った。髪をとかして歯を磨くと、居間へ向かった。それから、好奇心を抑えきれずに廊下に続くドアを開けた。見張り番はいなかった。一瞬、驚いて足をとめたが、それからそっと廊下に出た。

自分がどこへ向かっているのか、何を求めているのかわからないまま、シェリダンは歩きつづけた。いつ誰にとめられてもおかしくはなかったが、誰にも会わなかった。廊下は静かだった。まるで宮殿にいるすべての人が眠っているかのように。

廊下の突き当たりまで行くと、鍵のかかったドアにぶつかり、来た道を戻った。途中、廊下に面したドアがいくつもあり、ためらいがちにその一つを開けてみた。椅子が並んでいるが、シェリダンの部屋にあるような装飾的なものではなく、もっと現代的だ。

会議室に足を踏み入れてしまったのかもしれない。闇に向かって開け放たれた窓からさわやかな風が吹いてきて、シェリダンはそちらへ向かった。ここに来てから一度も外へ出ていないし、夜の砂漠はどんなふうなのか見てみたい。

広いテラスに出ると、周囲に街の明かりが広がっていた。遠くの砂漠の暗闇は、獲物に飛びかかるチャンスを待って伏せる虎のようだ。シェリダンは手すりまで歩いていき、澄んだ夜気を吸いこんだ。今や空気はひんやりとしている。この国に着いたときの暑さを考えると驚きだ。

興奮で背筋がぞくぞくした。それを不思議に思う一方で、当然だとも思った。砂漠に来たのは生まれて初めてなのだから。ここは、砂丘と宮殿があり、駱駝《らくだ》がいて、男性がカフィーヤとディシュダーシャを身につけているアラブの国。エキゾチックで刺激的なこの国を探検してみたい。馬に乗って砂漠に出かけ、そこにあるものを見てみたい。

そのとき、背後でタイルの床を歩く足音が聞こえた。心臓が喉までせりあがってきて、シェリダンはぱっと振り返った。見張り番にせよ、ほかのスタッフにせよ、ここにいることをなんて言い訳しよう？

だが、立っていたのは見張り番でもほかのスタッフでもなかった。知っている男性だったが、シェリダンはショックを受けた。上半身裸のラシード・アル・ハッサンが、部屋から差す光の中に立っていた。引き締まった筋肉と黄金色の肌。まるで下着のモデルみたいだと、シェリダンは思った。腹部の波打つ筋肉を見ると、欲望をそそられた。

「ここで何をしているんだ、ミス・スローン？」ラシードが尋ねた。その声は厳しく、冷たく、危険きわまりない響きがあった。

シェリダンの中で穏やかな波のようにうねっていた興奮がふいにおさまった。

逃げるのよ！　頭に響き渡ったのはそのひと言だった。

だが、シェリダンは動けなかった。手足が凍りついていた。しかも、ラシード・アル・ハッサンが行く手をふさぐように立ちはだかっていた。

6

シェリダンは深く息を吸いこみ、ローブの前をしっかりとかき合わせた。そんなことでラシードの黒い瞳に浮かぶ激しい怒りから身を守れはしないとしても。ファティマの怯《おび》えた顔が頭に浮かんだ。この男性は私が思っていた以上に恐ろしい人なのかもしれない。そう考えると、ぞっとした。

「ドアが開いていたの。私は……外を見たかったのよ」

「ここは僕の部屋だ、ミス・スローン」

まあ、なんてこと。「ごめんなさい。知らなかったわ」

ラシードはまだ、たくましい体で威圧するようにドア口に立っている。彼の顎より下に目を向けてはだめ。シェリダンは自分にそう言い聞かせたが、うまくいかなかった。

「つまり、君は真夜中にふらふら歩きまわり、目についたドアを開けてみたというわけか？」

シェリダンはローブの紐《ひも》をよじった。「そんなところね。たぶん時差のせいだと思うけど、すっかり目がさえているのに、何もすることがなくて」

「何もすることがない」ラシードの言葉はどういうわけかひどく意味ありげに聞こえた。

「あなたを起こすつもりはなかったのよ」

ラシードが片手を髪に差し入れ、テラスに出てきた。シェリダンはその場に立ちすくんだ。

「君に起こされたわけじゃない。起きていたんだ」

「ホットミルクを飲んでみたら？　眠れないときに効くんですって」ああ、何をくだらないことを言っているの？　シェリダンは唇を噛《か》み締め、黙りなさいと自分に命じた。この男性は危険よ。真夜中のたわいないおしゃべりを我慢してくれるようなタイプじゃないわ。

「あまり眠らなくても平気なたちでね」ラシードが言った。「それに、ホットミルクは好きじゃない」

「私もよ。でも、効果がある人もいるらしいわ」

ラシードはそばまで来て手すりに寄りかかった。シェリダンは一瞬、この機会をとらえて逃げ出そうかと思ったが、好奇心をかきたてられ、もう少しここにいたくなった。

「昼間は遠くの湾まですべて見渡せる」そう言うと、ラシードは片手を上げた。「向こうにはキル砂漠の砂丘が見える。大砂漠もそっちにある」

「大砂漠？」

ラシードはシェリダンのほうに顔を向けた。「砂漠の中でもとくに暑くて過酷な場所だ。二百キロ近く水場がない。日中は砂が焼けるほど熱く、夜は急激に冷えこむ。昼間、熱射病を免れても、夜に凍死してしまうかもしれない」

今の時代にそんな場所を想像するのはむずかしい。

「あなたはそこへ行ったことがあるの？」

「ああ、子供のころに」

「私は砂漠へ行ったことがないの。カリブ海以外はどこへも行ったことがないわ。つまり、今まではということだけど」

ラシードがシェリダンを見た。「テレビとパソコンが使えるようになって、少しは快適になったかい？」

「役に立っているわ。でも、私は忙しいのが好きなのよ」

「休暇だと思えばいい」

「本当にそうなら、もっと気楽でしょうね」

「ミス・スローン――」

「シェリダンと呼んで。お願い」ラシードにミス・スローンと呼ばれるのはしっくりこなかった。見知らぬ他人以上の存在だと彼に認めてほしい。このおなかに赤ちゃんがいようといまいと、私たち二人はとてつもなく親密な何かを共有したのだから。

「シェリダン」

ラシードが名前を口にすると、シェリダンの体を震えが走った。その響きはまるでやさしい愛撫《あいぶ》のようだった。「ありがとう」彼女は言った。

「今の状況が君にとって楽なものでないのはわかっている――さっきはそう言おうとしていたんだ。僕にとっても同じだよ」

「わかっているわ」

ラシードが街の明かりのほうに顔を向けた。シェリダンは風に乱された彼の髪と、月の光が穏やかに照らす横顔を見つめた。彼はとても美しい。そして寂しそうだ。なぜかわからないけれど、そう感じる。

「君の願いを聞き入れることにした」ラシードが言

った。「君にはここで気持ちよく過ごしてほしい。僕と話すことで気分がよくなるなら、そうするよ」

シェリダンは驚き、同時にうれしくなった。「どうもありがとう」

二人は長いこと黙ったまま、そこに立っていた。

「他人のために子供を産むというのは、途方もない行為だな」

シェリダンはかすかに身構えた。「他人じゃないわ。アニーは姉よ」

「わかっている」

シェリダンはため息をついた。一瞬、夜風が吹き抜けていき、体が震えた。「姉とクリスはいろいろな治療法を試してきたの。だけど、どれもうまくいかなかった」手すりを握り締め、揺らめく街の明かりを見つめる。「ヨーロッパに実験的な治療をしている医師がいるんですって。アニーがその治療を受けたがって、クリスは姉のためになんとかしようとしたの。でも、莫大《ばくだい》な費用がかかるのよ。妊娠する保証もないのに、二人は何もかも売り払わなければならなくなる……」彼女は喉にこみあげた塊をのみ下そうとした。「だから二人がさらに借金を重ねる前に、協力を申し出たの」

「つまり、君は自分の人生をいったん保留にして姉さんの子供を身ごもり、その子を産んだら姉さんに渡すのか。十カ月間、まるで君ではなく姉さんがその子を身ごもっていたかのように」

喉につかえた塊は消えなかった。シェリダンは震えを抑えようと体に腕をまわした。空気がさらに冷たくなったようだ。「簡単なことだとは言わないわ。でも、愛する人のためなら、あなただって犠牲を払うはずよ」

ラシードは身動き一つせずにシェリダンを見ていた。何か言うだろうと思ったのにいつまでも黙っているので、シェリダンはなぜか不安になり、そっと咳《せき》払いをした。

「何を言えばいいかわからないわ。あなたが怒っているのか、それとも、もともと口数が少ないのか、まったくわからない」

ラシードが新たな興味を抱いたようにシェリダンを見た。「僕は怒っていない。いらだっているんだ」

「それは私も同じよ」

「そうかな？」

「私は……」この会話はどんどん手に負えない方向へ進んでいく。暗闇の中でラシードの瞳がきらめき、突然、情熱的に見えた。それに彼は限りなく裸に近い。「ええ、あの、もちろんよ。当然でしょう？こんなもどかしい状況にいるんだもの」

「僕には君が自分の子供を身ごもっているかもしれないという事実がとても不思議に思える。僕たちは深い関係になったこともないのに。僕は君の服を脱がせたことも、君を味わったこともない」

シェリダンの体は、今度は冷えるどころか熱くなってきた。「ええ……そうね」

「君はそのことを考えたかい、シェリダン？　この前のキスのことを？」

シェリダンの心臓は狂ったように打ちはじめた。そう、考えた。キスだけでなく、一糸まとわぬ姿になった自分が彼に抱き寄せられることも。エネルギッシュで途方もなく魅力的なこの男性の恋人になるのはどんなかしらと、思いをめぐらした。

「もちろん考えたわ」シェリダンはそう答えながら、あっさり事実を認めてしまったことに動揺した。「でも、だからといって、何か行動を起こしたいわけじゃないの」

嘘《うそ》つき。もう一人の自分がささやいた。

「だったら、真夜中に誰かの部屋に足を踏み入れるときには、もっと慎重になったほうがいい」

ラシードの声はまたもや氷のように冷たくなって

いたが、どういうわけか熱っぽくも聞こえた。脅しているのではなく、何かを期待しているような響きがあり、シェリダンは身震いした。

「ここがあなたの部屋だとは知らなかったのよ。ここへ来たのは、べつにあなたに会うためでは……」

シェリダンは最後まで言えなかった。耳が熱かった。うぶなバージンでもないのにこんなに動揺するなんて、どうかしている。これまでつき合った男性は二人だけだとはいえ、男と女が裸になって抱き合ったらどうなるか知らないわけではない。

だが今、その想像がシェリダンを苦しめていた。ハンサムで、謎めいた危険な雰囲気を漂わせるラシードが自分の体に一心に意識を向けていると思うと、信じられないほど興奮した。彼のことなど好きではないと自分に言い聞かせたが、体はそんなことは気にしていないようだった。それがどうしたの？　まるでそう言っているかのように脚の間が激しく脈打っている。

「たぶんそうなんだろう」ラシードがよどみなく言った。「だが、君はこうなることを求めている。君の目を見ればわかるよ、シェリダン」

怒っているふうを装おうとしたが、胸の頂が硬くなり、シルクのローブを押しあげるのがわかった。シェリダンは寒さから身を守るふりをして体に腕をまわし、あとずさった。「私たちはお互いのことをほとんど何も知らないのよ。私に触れてごらんなさい、大声で叫んでやるから」

ラシードが笑った。「ここがキルの宮殿で、僕が王だということを忘れているな。もし君をベッドに縛りつけ、ひと晩じゅう気のすむまで味わいたいと思えば、とめる者は誰もいないんだ」

シェリダンの心臓の鼓動がまた速くなった。ベッドに縛りつけるなどという言葉は聞き流すべきなのに、興奮をかきたてられていた。

ラシードがさらに近づいたが、シェリダンは逃げようとしなかった。ライオンに襲われるのを待つガゼルのように一歩も動かなかった。ラシードに引き寄せられると、薄いローブに包まれた体が彼のむき出しの肌に触れた。ラシードはシェリダンのヒップの上に両手を広げた。

しかし、抱き締めはしなかった。だから逃げ出したければ逃げ出せたし、二人ともそれをわかっていた。そして、彼女は逃げようともしなかった。

ラシードが再び笑った。穏やかに、勝ち誇ったように。「君は大嘘つきだな、シェリダン」かすれた声で言い、唇を彼女の唇に重ねた。

この前のキスが強烈と言えるものだったとしたら、今回はまさに世界が揺らぐようなキスだった。ラシードの舌が唇の合わせ目をたどると、彼女は口を開き、自ら舌をからませた。

体を駆けめぐる興奮は前回よりさらに激しかった。ラシードは、これまで出会ったどの男性よりも興奮をかきたてる。理屈に合わない話だけれど。彼はこれまで出会った中でいちばん好きになれない男性でもあるのだから。

ラシードは王であり、砂漠のシークであり、横暴な支配者だ。周囲の人々に命令し、なんでも思いどおりにすることに慣れている。

そして私は、まさに彼が求めるものを与えようとしている。

キスはあまりにも心地よかった。二人の舌は熱くからみ合っている。肌が汗ばんで、脚の間がほてっている。体から力が抜けたシェリダンは、ラシードの首に腕をまわした。そのとたん彼の肌の熱さにショックを受け、思わず声をもらした。

ラシードはシェリダンの背中を手すりに押しつけ、ローブの紐をほどいて肩をあらわにした。気づいたときには、彼の熱い唇が喉を這《は》っていた。シェリダンはラシードの髪に指を差し入れ、頭を引き寄せた。

シルクのナイティの上から胸の先端を唇ではさまれ、シェリダンはあえいだ。そっと噛まれただけなのに、またたく間に喜びが体の中心に達した。高まる欲望に体がこわばるのがわかり、ラシードの肩をつかんで胸を突き出した。

ラシードはナイティを脱がせはしなかった。その上から胸の蕾《つぼみ》に舌を這わせ、軽く歯を立て、口に含み、シェリダンが半狂乱になるまで駆りたてた。ナイティの裾に手がかかったときには、抵抗しなくてはならないと思った。だが、貪欲で不道徳なもう一人の自分がそれを拒んだ。

ラシードの手がナイティの下にもぐりこみ、腹部を這いあがり、ついに胸を包みこむ。彼の熱いてのひらを直接肌に感じ、シェリダンの体は燃えあがった。

ラシードは再び唇を求めた。それはやさしいキスでもなければ、からかうようなキスでもなかった。シェリダンの理性を総攻撃するような熱いキスだった。ラシードはもう一歩彼女に近づき、固く引き締まった体を押しつけた。

その瞬間、シェリダンはラシードの欲望の証《あかし》に気づき、彼も自分とまったく同じ興奮に駆られているとわかった。

シェリダンは本能に従った。ラシードに向かって手を伸ばし、求めてはならないのに心から求めている硬いこわばりに触れた。ラシードが声をもらすと、彼女の体を震えが貫いた。

彼は私に嫌悪感を抱いているのだと思っていた。でも、そうではないらしい。彼は私を求めている。私も彼を求めている。正気の沙汰ではないけれど、私たちの関係は最初からふつうとは言えなかった。もし彼とベッドをともにしたら、何が変わるの？

何も変わらないわ。

シェリダンはラシードの下着に両手を差し入れ、熱い高まりを包みこんだ。彼が興奮しきっているのがわかり、軽いパニックに襲われた。私はこの男性をよく知らない。知っているのは、彼が私を脅して無理やりここに連れてきたという不愉快な事実だけ。そのことに腹を立て、彼をやりこめるために、私はこんなことを始めたのだ。

でも今、ラシードは私の思うがままになっている。体はこわばり、熱をおび、すっかりその気になっている。

ラシードがふいにキスをやめ、シェリダンを見おろした。暗く陰ったその目は謎めいていた。

「シェリダン」やっと聞こえるくらいの低い声で、彼は言った。「僕に抱かれるつもりがないなら、今すぐここを去るんだ。そんなふうに僕に触れつづけるなら、僕は思う存分君を味わい尽くすまで終わりにしない」

心臓が無謀なほどの速さで打ちはじめ、シェリダンは唇を噛み締めた。まともな女性なら、今すぐ立ち去るだろう。まともな女性なら、未知の興奮を味わわせてくれるからというだけで、よく知りもしない男性に抱かれたりしないだろう。

だが、今のシェリダンはまともではなかった。砂漠の熱気のせいか、砂のせいか、あるいは豪華な宮殿のせいかもしれない。理由はわからないが、求めるべきではないものを求めていた。

「立ち去りたくないわ。あなたに触れるのをやめたくない」

ラシードがうめき声をもらし、シェリダンをすばやく抱きあげて部屋に入った。

7

ベッドへ向かう途中、シェリダンはパニックに襲われそうになった。だが、取り乱してしまう前にラシードが彼女をベッドに下ろし、ナイティをはぎ取った。それからキスをしてシェリダンの恐怖を消し去り、再び体に火をつけた。

　ああ、こんなことはぜったいに間違っている。いえ、ぜったいに正しい。シェリダンはラシードに腕をまわすと、広い背中を撫《な》で、腕から胸へ手をすべらせた。彼は信じられないくらい魅力的で、自分でもそれをわかっているのだ。

　ラシードはシェリダンの唇から唇を離し、再び胸に向かって舌を這《は》わせていった。ゆっくりと何度も舌で円を描いてから、痛いほどうずいている蕾《つぼみ》の片方を口に含んだ。強烈な喜びがいっきに体を駆け抜け、シェリダンは声をあげた。

「敏感だな」ラシードがつぶやいた。シェリダンの肌にかかる息は熱いが、濡《ぬ》れた胸の頂にかかると冷たく感じられる。「驚くほど敏感だ」

　シェリダンは声が出なかった。期待と、おそらく恐怖のせいで胃が引きつった。私は何をしているの？　頭の片隅でずっとそんな声が聞こえていたが、ほかの選択肢を受け入れるつもりはなかった。

　ラシードの手が下へ向かい、シェリダンのショーツを取り去って床に落とした。月明かりに照らされた彼の端整な顔とドーム型の天井が目に入り、キルの夜の魅惑的な音楽がどこからともなく聞こえてきた。これが現実とは思えない。まるで空想の世界にいるようだ。砂漠の王と過ごす千夜一夜物語《アラビアンナイト》の世界に。

体の中心にラシードの唇が触れ、シェリダンはベッドの上で背中をそらした。すさまじいまでの快楽を味わい、むせび泣くように彼の名前を呼んだ。ラシードは容赦なく彼女の脚を開かせ、全身の神経が震えだすまで舌を動かしつづけた。

シェリダンの世界が白熱の炎の中ではじけ、体が痛いくらいこわばった。彼女は高く舞いあがり、頂点に達した。しかし、正気に返る前にラシードに唇をとらえられ、今度はそのキスにとろけた。

それからラシードの高まりに触れて、彼を迎え入れるために体を動かした。ラシードにヒップを持ちあげられ、彼に脚を巻きつける。次に起こることを考えると、心臓の鼓動が速くなった。

ラシードはしばらくためらっているように見えた。それからアラビア語で何かつぶやき、体を重ねてきた。ゆっくりと時間をかけて深く身を沈めはじめる。

二人が最も親密な方法で一つになると、シェリダンは再びパニックに襲われそうになった。

私は何をしているの？　いったいどうなってしまったの？　よく知りもしない男性とベッドをともにするなんて、まるで私らしくないわ！

ラシードの顔が近づいてきて、シェリダンは目を閉じた。唇を突き出してキスに応え、ため息をつく。すると彼が体を動かしはじめ、もう何も考えられなくなった。

最初はやさしい動きだったが、ラシードは徐々にシェリダンを追いつめていった。そのうち二人は相手を罰するような激しいリズムで動きだした。シェリダンがラシードの肌に手をすべらせると、両手首をつかまれ、頭の上で押さえつけられた。

その行為はエロチックで官能的だった。二人はもつれ合い、さらに体をほてらせた。シェリダンの緊張は今にも爆発しそうなところまで高まった。

もう一瞬も耐えられない。ラシードの与えてくれる快感にあらがうことなどできない。シェリダンは目もくらむような喜びに圧倒されて高みに達し、息をはずませながら彼の名前を叫んだ。

ラシードの体がこわばるのを感じた次の瞬間、彼もクライマックスを迎えて低いうめき声をもらした。しばらくの間、二人はそのまま体を重ねていた。二つの心臓は狂ったように打ち、肌に汗がにじみ、呼吸が荒くなっている。シェリダンはラシードの腰に巻きつけていた脚を下ろした。彼の体の下でじっと目を閉じていると、ようやく頭が働きはじめた。

こんなセックスのあとで、何を言えばいいの? ほとんど何も知らない、決して好きではない男性とのセックスのあとで?

だが、答えを見つける暇はなかった。

ラシードがシェリダンを押しやり、立ちあがった。冷たい空気が肌に触れ、体を凍えさせる。上掛けをつかんで引きあげたいが、動けそうにない。ラシードがじっと見おろしているからだ。闇の中に見える彼の顔は険しく、胸は大きく上下していた。

ラシードは怒っている。あるいは、苦しんでいる。どちらかわからないが、シェリダンは不安に襲われ、急いで起きあがると膝をかかえて体を隠した。

「ありがとう、シェリダン」ラシードの口調は礼儀正しかったが、冷ややかだった。その冷たさに、シェリダンは身を震わせた。彼がかがみこんでナイティと下着を拾いあげ、ベッドの上に置いた。「服を着てくれ。そうしたら君の部屋まで送っていく」

ラシードは夜明けに目を覚ました。眠りに落ちるまで、体を重ねた女性の残り香が漂うベッドで何時間も寝返りを打っていた。罪悪感のせいで胃が締めつけられ、思わず顔をしかめた。

だが、なぜ罪悪感を抱かなくてはならない? ほかの男と同じようにセックスを楽しんだだけなのに。

これまでの人生で心から愛した女性は一人だけだが、ベッドの中で愛した女性はたくさんいる。この五年間、修道士のような生活を送っていたわけではない。

シェリダン・スローンとのセックスも、ほかの女性とのセックスと何も変わらない。それでいて、やはり違う。彼女が僕の子供を身ごもっているかもしれないからだ。ただ、その事実の重みが、彼女の体に喜びを見いだしたあとで、こんなに激しく自分を動揺させるとは思わなかった。

昨夜ベッドをともにしたのは、僕の跡継ぎを妊娠しているかもしれない女性だ。愛してはいないが、もし妊娠していたら、妻にしなくてはならない女性だ。

義務感を抱く一方で、もっと彼女のなめらかな肌と秘めた部分を味わいたいとも思っている。

その事実がラシードをうろたえさせた。シェリダンとのセックスはめくるめく体験だった。熱く鮮烈で、彼は完全にのめりこみ、我を忘れた。

だが、事が終わり、ともに横たわって自分の鼓動と響き合う彼女の鼓動を聞いているうちに、逃げ出したくなった。

シェリダンに骨抜きにされたも同然だった。彼女とのセックスはほかの女性とのセックスとは違い、ラシードの自制心を完全に奪った。それが気に入らなかった。だから彼はベッドを出て、シェリダンが下着とナイティを身につけている間にローブを取りにテラスへ行った。そして戻ってくると、黙ってそれを渡した。テラスにあったローブは冷えきっていたが、彼女はかまわずそれをはおり、きつく紐《ひも》を締めた。

そのあとラシードはシェリダンを部屋まで送っていった。廊下を歩いている間、彼女はひと言もしゃべらなかった。

ラシードの部屋から直接シェリダンの部屋へ抜け

られる秘密のドアもあるが、あえて使わなかった。もし使ったら、この先あっさりとそのドアを通り抜けてしまいそうだったからだ。

ドアの前まで来ると、シェリダンは何か言いたそうにためらった。ラシードはシェリダンの髪に両手を差し入れて上を向かせ、キスをした。彼女の口をふさぎ、気まずい時間を終わらせるために。

シェリダンがしがみついてきたとたん、ラシードの中に新たな興奮がこみあげ、体が反応しはじめた。今にも欲望に火がつきそうになり、彼はシェリダンを部屋に押しこむと無言で立ち去った。

それに反発するように、シェリダンは大きな音を響かせてばたんとドアを閉めた。だが、黙って去るのが最善の策だった。

王にはするべきことがある。気にかけなくてはならないことを山のようにかかえている。自分の跡継ぎを身ごもっているかもしれない女性と何度も楽しんでいる余裕はない。厄介なことになるのはわかりきっている。

シェリダンが僕に腹を立てているなら、かえって好都合だ。彼女にやさしくしようとして、度が過ぎてしまった。これからは彼女と距離を置いていなくては。そもそも最初はそうするつもりだったのだ。


その日、ラシードは会いには来ないだろうとシェリダンは思っていた。予想は当たり、彼は夜になっても姿を見せなかった。約束どおり宮殿を歩きまわることを許されたが、どこへ行っても彼にはでくわさなかった。シェリダンは裁縫師から届いたカフタンを着て、ヒジャブで頭をおおい、宮殿内を見てまわった。建築様式の特徴をじっくり眺め、興味深い時間を過ごした。

にもかかわらず、頭の中はずっとラシードのことでいっぱいだった。昨夜の出来事を思い出すたびに顔がほてった。知り合ってまだ二日しかたっていない男性とセックスをしてしまったのだ。常軌を逸した情熱的なセックスを。

さらに悪いことに、あの情熱をもっと味わいたいと思っている。もうあんなことは起きないし、起きるべきではないとわかっているのに、夜になって彼が自分の部屋に来ることを想像せずにはいられない。彼が私の服をはぎ取り、あの魔法の唇で正気を失わせ、狂おしいほどの欲望をかきたてることを。

シェリダンはほてった顔を手であおいだが、どこへ行くにもひっそりとついてくる見張りはまばたき一つしなかった。何度か世間話をしてみようとしたが、彼は完全に無言を貫いた。

夕食後、シェリダンは思いきって馬小屋へ行ってみた。見張りはそのときも黙ってついてきた。しかし、彼女が馬の鼻面を撫でようとすると、ふいに口を開いた。「王はあなたが馬に噛《か》まれるのを喜ばれないでしょう」

「馬には慣れているの」見張りが英語を話したことに驚きながら、シェリダンは言い返した。こちらの言葉が理解できないから黙っているのだろうと思いはじめていたのだ。「噛まれそうになったらわかるわ」

それでも、シェリダンは馬から離れて小屋のいちばん奥の馬房まで進んでいった。そして扉越しに馬房の中を見た瞬間、心がとろけそうになった。

「子犬だわ！」シェリダンは見張りを振り返った。「なんていう種類の犬かしら？」

見張りは話をしたくないかのようにためらっていたが、ついに折れた。「それはカナン犬です。大昔からいる頑丈な犬種です」

子犬たちはずんぐりしていて、尻尾がまるまっている。ハスキー犬に似ているが、灰色ではないし、毛皮も分厚くない。母犬の姿は見えなかった。

「とてもかわいいわね」

身をくねらせて甲高い声で鳴いている子犬たちを、シェリダンはじっと見つめた。馬房の中に座り、子犬たちと一緒に遊べたらいいのに。でも、見張りは許してはくれないだろう。そうしているうちに近づいてくる蹄《ひづめ》の音が聞こえ、シェリダンは振り返った。ディシュダーシャに身を包んだ男性が美しい栗《くり》毛《げ》の馬にまたがり、速歩で駆けてくる。馬小屋まで来ると男性は馬を降り、どこからともなく現れた厩番《うまや》に手綱を渡した。

それから男性は振り返り、ぎらつく黒い瞳をシェリダンに向けた。ラシード特有の情熱と怒りが混じり合った目だ。

見張りが隣で深くお辞儀をした。シェリダンはどうしたらいいかわからず、少し膝を曲げて頭を下げた。ラシードに腹を立ててはいたが、彼の地位を否定して問題を起こすつもりはなかった。

ラシードが鋭く目を細め、シェリダンに近づいてきた。カフタンとヒジャブにすばやく視線を走らせてから、再び彼女の顔に戻す。

「馬小屋を見学するには少し時間が遅いんじゃないか、ミス・スローン？」

ミス・スローン。まるで私と体を重ねたことなどないような言い方ね。シェリダンは内心つぶやき、顎を突き出した。「まだ八時にもなっていないわ。ちっとも遅い時間ではないと思うけれど」

ラシードを見ているうちに、シェリダンの心臓はとどろくように打ちはじめた。昨夜あんなに情熱的に手足をからめ合ったのだから、彼はもう見知らぬ他人ではない。その事実にシェリダンはうろたえていた。

ラシードが見張りのほうを見た。「行け」

見張りが体を起こし、夜の闇に消えた。シェリダンの中に激しい怒りがわき起こった。

「あなたが王だというのはわかっているけど、あんな言い方をしなくてもいいんじゃない？」

ラシードは眉根を寄せた。「僕は彼がするべきことを伝えただけだ。この場から立ち去ってくれと、礼儀正しく頼むほうがいいというのか？」

「そのほうが感じがいいでしょうね。でも、あなたの口からそんな言葉を聞けるとは思っていないわ」

「僕の弟みたいな言い方をするな」

シェリダンはまばたきをした。「そうなの？　弟さんはきっといい人なのね」

「僕よりはな」

「じゃあ、あなたは自分があまりいい人じゃないと認めているのかしら」

「いい人になろうとは思わない」ラシードは肩をすくめた。「僕は僕だ。いちいち人に自分の考えを説明する必要はない」

シェリダンは視線を落とした。「ゆうべのことなら、私は説明なんて期待していなかったわ」そう言ってしまってから、舌を噛みたくなった。

ラシードはさぐるように彼女の顔を見た。「朝まで僕のベッドにいることを許さなかったから、君はうろたえているんだろうな」

「許さなかった？」シェリダンは指で彼の胸をつきたい衝動をかろうじて抑えこんだ。「どうして私があなたのベッドにいたかったと思うの？　あのままベッドにいたら、どんなに気まずかったかしら。まさか私のことを世間話をするのにちょうどいい相手だと思っているわけじゃないでしょう？」

ラシードの黒い瞳を不可解な感情がよぎった。「君にはいつも驚かされるな。君はうろたえているとばかり思っていたよ。後悔し、ゆうべの出来事をなかったことにしたくなっていると」

シェリダンは、気ままなセックスには慣れているとでも言いたげに肩をすくめた。事実はまったく違うけれど。「どうしてなかったことにしたいの？　すてきだったのに」

「すてき？」

ラシードのうなるような声を聞き、シェリダンは笑いたくなった。たとえ高慢な王でも、ベッドの中での手腕に関しては傷つきやすい自尊心を持っているらしい。

「ええ、すてきだったわ。あなたがお望みなら、とてもすてきだったと言ってもいいけれど」

ラシードは体をこわばらせた。それから静かに笑った。「僕をけしかけているんだな。やっとわかったよ。僕が今夜の月は金色だと言ったら、君は黄色だと言うんだろう」

厄介なことにシェリダンの手足はまたほてりはじめていた。ラシードがそばにいるせいで体は痛いほどうずいている。昨夜のことが思い出され、もう一度彼に抱かれたいと願うのをやめられない。

「私が何をけしかけているというの？」声がかすれてしまったのが自分でもいやだった。でも、ラシードはとうに見抜いているだろう。自分が私の心をどんなにかき乱すかを。

ラシードが唇の片端を上げ、傲慢にほほえんだ。「たぶん君は僕のすてきなところをもう一度見せてほしいんじゃないか？」

シェリダンは頬が熱くなるのを感じた。「まさか。一度で十分よ」

いや、十分ではない。その事実がシェリダンをひどく苦しめていた。なぜ彼を求めてしまうの？　たった一度ベッドをともにしただけの男性がこんなに欲しくなるなんて私らしくない。しかも、二人が知り合ったいきさつは複雑すぎる。彼とはサヴァナでふつうに出会ったわけではなく、恋人同士でもない。そして彼は、私と自由につき合える立場の男性ではない。

彼は砂漠の国を支配する王だ。私の心をかつてないほどにかき乱す男性だ。彼は傲慢で、尊大で、すでに私が自分のものであるかのようにふるまっている。

そして、私はそうさせてしまう。もし彼が今、私を干し草の上に横たえて心ゆくまで自分の欲望を満たそうとしたら、私は抵抗せずに彼を駆りたてるだろう。

ラシードが離れていくと、シェリダンは失望を顔に出さないように努めた。

「行こう、部屋まで送る」

シェリダンはもう一度名残惜しげに子犬を見てから、彼のそばへ行った。

「犬が好きなのか？」歩きだすと、ラシードが尋ねた。

「大好きよ。飼ったことはないけれど」

「一度も飼ったことがないのか？」

シェリダンはうなずいた。「姉が四歳のときに近所の犬に噛まれて、それ以来ひどく犬を怖がるようになってしまったの。だから飼えなかったのよ」

「ずいぶん不公平な話に思えるが」

昔から何度となく抱いてきた怒りがシェリダンの心の奥で燃えあがった。だがすぐに、いつものように罪悪感に駆られた。悪いのはアニーではない。

「そうね。でも、犬を飼う話が出るたびに姉が泣くから、両親もあきらめたの。猫さえ飼ったことがないのよ」

「姉さんは猫にも噛まれたのか？」

シェリダンはふいに足をとめた。数歩先を歩いていたラシードが振り返った。「姉は猫アレルギーなの。それは姉のせいじゃないわ」

ラシードがそばまで戻ってきた。シェリダンはしかたなく目を上げた。彼はいかにもいらだたしげな顔をしていて、怒りをこらえているのがはっきりとわかった。私への怒りかしら？　それとも、アニーへの？

「そうだな。だが僕には、君の人生がずっと姉さんに振りまわされてきたように見える。君はいつも姉さんのために自分の望みをあきらめてきたのか？」

シェリダンは胸が苦しくなった。「そんな言い方はやめて。あなたはアニーを知らないんだから、姉を裁く権利はないわ。アニーはとても弱いの。私が必要なのよ」

ラシードはシェリダンの顔をじっと見つめた。「ああ、姉さんには君が必要だろう。黙って自分の要求に従ってもらうために。欲しいものを与えてもらうために。不当に取りあげられたと思いこんでいるものを返してもらうために」

シェリダンは息をのんだ。それからラシードを平手打ちしようとしたが、手首をしっかりとつかまれた。彼のまなざしは険しかった。そして、これまで見たことのない同情の念にあふれていた。

シェリダンは心の奥で動揺していた。「どうしてそんなことが言えるの？　アニーが私に赤ん坊を産んでほしいと頼んだわけじゃないわ。私が自分から申し出たのよ！」

ラシードの指に頬をそっと撫でられ、シェリダンは身震いした。「もちろんそうだろう、いとしい人《ハビブティ》。君は姉さんを愛しているから。そして、気遣っているから。僕は君を責めはしない。君にどんな犠牲を払わせているかわかろうとしない姉さんを責めるよ」

シェリダンは静かにかぶりを振った。「今回の人工授精の費用は姉夫婦が払ったの。だから私はなんの犠牲も払っていないわ」

ラシードは手を下ろし、シェリダンから離れた。唇はきつく引き結ばれている。「君は人生のうちの十カ月間を捧《ささ》げ、体に負担をかけて、そのあげく産んだ子供を手放すというつらい感情まで味わうんだぞ。なんの犠牲も払わないわけではない」

シェリダンはラシードの言葉に困惑した。ほんの二日前、彼は私に子供を引き渡すよう要求したのに、今はそうなったときに私がつらい思いをすることを心配している。いったいどういうことなの？

「それを承知のうえで申し出たのよ」

ラシードの表情が険悪になった。「ああ、だが、君は命を危険にさらすことになるのも承知していたのか？　そのことを考えたのか？　姉さんはどうなんだ？」

シェリダンの心臓が激しく打った。「出産を怖がる必要はないわ。今は十八世紀じゃないのよ」

ラシードは石のように動かなかったが、体に途方もない力がこもっているのがわかった。しかし、すぐに深く息を吸いこみ、吐き出した。怒りを消し去るスイッチを見つけたかのように。

「そうだな。君の言うとおりだ」

シェリダンは手を伸ばしてラシードに触れたくてたまらなかったが、その衝動を抑えこんだ。何かが彼を苦しめている。瞳には暗い感情が映っているけれど、それがなんのせいなのかわからない。

「どういうことなの、ラシード？」

「なんでもないんだ」彼はようやく答えた。

シェリダンはやっと聞こえるくらいのささやき声で言った。「そうは思えないわ」

しばらくの間、ラシードはその場にじっと立っていた。まるで自分自身と闘っているかのように。それから踵《きびす》を返し、無言のまま、宮殿の裏手の長い回廊へと消えた。

8

日々はじれったいほどゆっくりと過ぎた。シェリダンはラシードに会いたくてたまらなかったが、彼に避けられているようだった。そこで間近に迫っている二つのパーティのメニューを考え、ケリーにメールを送った。その場にいて準備ができないことに申し訳なさを感じたが、実際にはそんな必要はなかった。〈ディキシー・ドゥーイン〉は、まるでパーティを開くために作られた効率的な機械のように稼動していた。

　姉のために赤ん坊を産むと決意してから、シェリダンはまさにそうなるように多くの時間を費やしてきたのだった。出産するまで働くつもりでも、何が起きるかはわからない。だからどんな事態にも対応できるようにしておきたかった。

　ケリーは寂しがっていなかった。友人としては寂しいと強調してくれたけれど。一方、アニーからのメールを読むのは気が重かった。姉が動揺しているのはわかるが、この状況をあまりにも理解していないことに、胃が痛んだ。姉はあからさまに今回の人工授精が失敗だったことを望んでいた。その気持ちはわかる。確かにそれが誰にとってもいちばん話が簡単だろう。最初はシェリダン自身もそう思っていた。だが、ラシードが名も知れぬ精子提供者ではなく現実の男性となった今、事情はもっとずっと複雑だった。

　シェリダンは自分に触れて欲望をかきたてた男性のことを考えた。血をたぎらせる一方で骨まで凍りつかせ、果てしない混乱に陥れた男性のことを。そう、二人の関係はもはや医学上のつながりではない。

彼が私の前に現れた瞬間から、そうではなくなったのだ。

もしラシードに会わなかったら、話はもっと単純だっただろうか？　彼とベッドをともにしなかったら？

たぶんそうだろう。でも、もう手遅れだ。

シェリダンはいつものように宮殿をひとまわりし、厨房《ちゅうぼう》をのぞいた。新鮮なオリーブオイルやパン、フルーツ、ナッツ、鶏や山羊《やぎ》の肉を使った滋味豊かな料理に、すっかり夢中だった。厨房のスタッフは初めのうち警戒していたが、何度も顔を出しているうちにシェリダンが来るのを楽しみにするようになった。以前は無口だった見張り番のダオウドや、通訳をしてくれるファティマも、だいぶ打ちとけてきた。

数日前にまた子犬を見に行った。姿の見えない母犬についてダオウドに尋ねて、子犬たちには母親がいないことがわかった。厩《うまや》番がミルクをやり、世話をしているという。ミルクをやっていいかときくと、ダオウドは気が進まないそぶりを見せた。

だが、シェリダンはさっさとミルクをやった。そして気がついたときには、甲高い声で鳴く子犬たちに囲まれていた。くすくす笑いながらみんなを撫《な》で、ミルクを飲むのを見守った。それ以来、子犬たちと過ごす時間は一日のうちで最も楽しみな時間となった。ラシードに会えないとなれば、なおさらだった。

夜はラシードに思いをはせた。ベッドに横たわっておなかに手を当て、たった一度だけ自分を抱いた男性のことを思った。おなかにいるかもしれない赤ん坊の父親を。

ラシードはどこにいるのだろう？　もしベッドに入っているなら、私のことを考えているだろうか？　それとも、あの夜の出来事はいっときの気の迷いで、今や私のことなど思い出しもしないのだろうか？

たぶんそうだろう。彼が暗い中庭に私を置き去りにした夜以来、一度も会いに来ないことを考えれば。また夜中にラシードの部屋へ行き、強引に話をしようかとも思った。だが、実際にそうする勇気があったとしても、部屋の外には見張りが立っている。ラシードが会いに来させまいとして手段を講じているのだと思うと、シェリダンは困惑と同時に激しい憤りを覚えた。

それでもなんとか日々をやり過ごし、誰にもラシードの居場所を尋ねなかった。彼を恋しがっていると思われているのなら、そうではないことを証明しようと心に決めていた。

妊娠検査を翌日に控えた夜はとても落ち着いてはいられなかった。胃がむかむかし、ファティマが持ってきてくれた食事もとる気になれなかった。ようやくパンを少し口に入れ、スパークリングウォーターを飲んでから、ソファに座って本を読んでいたとき、ドアが開いていきなりラシードが入ってきた。

シェリダンの中にたちまち感情があふれた。喜び、怒り、恐れ、悲嘆。すべてはこの男性――しゃれた仕立てのグレーのスーツを着て、頭にカフィーヤをつけた男性が引き起こす感情だ。いつものように、彼を見ただけでシェリダンの胸の鼓動は速くなった。

「君が食事をとらないとファティマから聞いた」その声はダイヤモンドのように硬かった。

もちろん彼は私のようすについて逐一報告を受けているのだろう。「おなかがすいていないの」

ラシードは近づいてきて、怖い顔でシェリダンを見おろした。「食べなくてはだめだ。食べないのは君にも赤ん坊にもよくない」

シェリダンは反射的におなかに手を当てた。「まだ赤ちゃんがいるかどうかわからないわ」

「いると仮定して、その子のためにできることをすべてしたほうがいい」

シェリダンはラシードをどなりつけたかった。

「私はそうしてきたわ、ラシード。でも、今は我慢できないの。胃がむかむかするのよ」本を置き、彼をにらみつける。「お互いをもっとよく知るために一緒に過ごすと約束したのに、五日間も会わなかったわね」

ラシードの表情は険しいままだ。「僕は忙しい。王であるとはそういうことだ」

「でも、今夜はここへ来て、食事をとらないことで私を叱りつける時間があるのね」

ラシードはカフィーヤを取ってわきに放ると、髪をかきあげた。「会議を終えて、その足でここへ来たんだ」テーブルの前へ行き、ファティマが置いていった卓上鍋の中身を品定めする。それから皿を手に取り、料理を盛った。

シェリダンはかっとなった。「無理やり食べさせるつもりなら――」

「そうじゃない」ラシードは言い、フォークを持って近くの椅子に腰を下ろした。「僕はまだ食事をしていないから腹ぺこなんだ」

シェリダンは目をぱちくりさせた。数日間、知らん顔をしておいて、一緒に食事をするつもりなの？あの晩、ラシードは私をベッドへ連れていき、興奮させ、混乱させた。そして翌日、またそうするのだろうと思いこんでいたら、今度は私を中庭に置き去りにした。

彼のすることはまったく理解できない。

「まあ、私は夕食に王のご臨席を賜れるの？　光栄だわ」

ラシードが顔を上げた。その瞳がきらめいているのは、もはや怒りのせいではなかった。「僕と話がしたいんだろう。僕はここにいる。話してくれ。どんなに退屈な話でも我慢するよ」

シェリダンは腕を組んだ。「私はとても話し上手なのよ。今までそう思ったことはない？」

「これまでの経験から言うと、たいていの女性の話は退屈だが、たぶん君は違うんだろう」

　彼にクッションを投げつけるのは賢明じゃないわ。シェリダンは自分に言い聞かせた。「たいていの女性？　いったい誰があなたを会話で楽しませようとするの？」

　ラシードは料理を口に入れ、嚙《か》み、のみこんだ。質問には答えないつもりだろう。だが、しばらくして顔を上げ、突き刺すように鋭い視線を向けた。

「僕の妻はそうだった。いつもではないが、よく楽しませてくれた。知りたいかもしれないから言っておくが、妻は五年前に亡くなった」

　感情がこみあげ、シェリダンの胃はきつく締めつけられた。まさかラシードの口からこんな言葉が出てくるとは思ってもみなかった。彼の悲しみを思い、胸が痛んだ。「お気の毒に、ラシード」

　ほかに言葉が見つからなかった。愛する人を失うのは耐えがたい悲しみだったろう。しかも、そんなに若くして。彼がときおり寒々として寂しげに見えるのも不思議はない。今なら納得がいく。

　ラシードは皿をわきに置いた。「わざわざ言うことでもないが、もし僕たちが結婚することになるなら、君も知っておいたほうがいいと思ったんだ」

　さらに激しく打ちだした心臓の鼓動が耳の中で響いた。「話してくれてありがとう。でも、結婚が私たちの問題の解決になるのかどうか、私にはわからないわ」

　ラシードは眉根を寄せた。「君のおなかの子は嫡出子として生まれるんだ、シェリダン。そうでなくてはならない」

　シェリダンの心に不安が広がった。子供が生まれながらに持つ権利を奪いたくはないけれど、よく知りもしない男性に結婚を強いられたくはない。肉体的には強く惹《ひ》かれ合っているとはいえ、二人の間に存在するのがそれだけだとしたら？　子供を自分のものにするためだけに私と結婚する男性と、どうやってその後の人生をともにできるだろう？

「その件に関して私に発言権はないんでしょう？」

「選択肢があったほうがいいのか？　僕と結婚して子供の母親になるか、出産したあと子供を置いてアメリカに帰るか、君の選択肢はそのどちらかだ」

近くに武器になるものがなくてよかったと、シェリダンは思った。「それは選択肢とは言わないわ」

ラシードの瞳がきらりと光った。「君が選べるのはどちらかだよ」

「私は子供を見捨てないわ」

「ああ、そうだろう。以前なら見捨てると思ったかもしれないが、今はもう思わない」

シェリダンは頭が痛くなってきた。「どうして急に私への見方が変わったのかしら？」

「君が子犬にミルクを飲ませ、世話をしていると、ダオウドから聞いた。厨房のスタッフもファティマも、厩番たちさえ君の話をしている。みんな君のことが好きだ。君はとても親切で思いやりがあると彼らは言う。だが、そんな話を聞かなくても、君が姉のために何をしようとしたか、僕は知っている。その君が自分の子供を置いていくはずがない。君はここにとどまるだろう」

ラシードの言葉がシェリダンの心を包みこんだ。ダオウドもファティマも厨房のスタッフも好きだ。彼らも自分のことが好きだとわかってうれしかった。

「明日、私が家に帰る可能性もあるわ」

「ああ、そうだな」

そのことを考えると痛みが胸を貫き、シェリダンは混乱した。私は家に帰りたいはずよ。サヴァナでの生活に、自分の仕事に、友人のもとに、そして、ラシード・アル・ハッサンが現れる前の暮らしに。

それなのに、心は絶望でいっぱいだった。もう二度とラシードに会うことはないの？　彼とベッドをともにすることはないの？　彼がそのことを気にもしていないように見えて、さらに傷ついた。

「結婚の話をするのは早すぎるわ」シェリダンは硬い口調で言った。

「そうかな？　明日にはわかるだろう。もし君が妊娠していたら、早急に事を運ばなくてはならない」

「あなたはすでに何もかも決めているのね。私が何を望んでいるか確かめもせずに」

そう、それがラシード王のやり方だ。彼は誰にも相談せず、自分が最善だと思うことをする。私を抱きあげて強引にキルへ連れてきたように。

「君にどんな選択肢があるかは伝えた」その口調はなめらかで、落ち着いていた。

怒りがわきあがり、シェリダンの喉を締めつけた。

「私は姉のことを考えなくてはならないわ。姉はどうなるの？」

ラシードの表情が冷ややかに、よそよそしくなった。「君の姉さんがどうなるかだって？」

そのとき、胃の中で苦いものが渦巻き、喉へとせりあがってきた。シェリダンは立ちあがり、よろめきながらバスルームへ急いだ。かろうじて間に合い、シンクにかがみこんで吐いた。

ラシードが片手で頭を包みこんで支え、もう一方の手で背中をやさしくさすってくれた。涙がこみあげてきて、シェリダンはどうしようもなくみじめな気分になった。触らないでと言いたかったが、彼に背中をさすってもらうのは心地よかった。

「つらく当たるつもりはなかったんだ」今回ばかりはやさしい声で、ラシードは言った。「君の姉さんの問題には別の解決策がある。君は実験的な治療について話していたな」

シェリダンはシンクに両手をついて体を支え、目をきつく閉じて、吐き気がおさまるように祈った。

「姉夫婦にそんな治療を受ける余裕はないわ」ようやく声が出るようになると、彼女は悲しげに言った。

「僕にはある」

シェリダンは水道の水を出して飲んだ。そして震えている体を起こし、ラシードのほうを見た。「あなたが二人のためにお金を出してくれるの？」心臓はまだ早鐘を打っているが、その理由はさっきとは違う。アニーのためにこれ以上のことは望めない。治療がうまくいく保証はないけれど、とにかくチャンスだ。

「二人のためじゃない」ラシードはことさら穏やかに言った。「君のためにそうするんだ」


口を開けて小さく声をもらすシェリダンを見て、ラシードはその唇を奪い、欲しいものすべてを手に入れたくなった。だが、ここへ来たのはそのためではない。

シェリダンが食事をとっていないと、ファティマが話したからだ。それに、彼女について数えきれないほどの報告を受けているから。シェリダンは宮殿を歩きまわって、その建築様式について感想を述べているという。誰にでも親しげに話しかけ、母親のいない子犬たちと遊び、厨房で料理のレシピや給仕の仕方について議論をしているらしい。

キルを訪れた外国の高官たちと出席した最近の昼食会で、ナプキンが変わった形に折りたたまれていた。それが蓮《はす》の花だと気づいてラシードはすっかり魅了され、一人の高官が水利権と石油生産について話していたことを半分ほど聞き逃してしまった。

あとからそのナプキンのことをスタッフにきいてみると、ミス・スローンに教わったという答えだった。蓮の花のナプキン。子犬。ダオウドさえひそかに尊敬の念をこめて彼女の名前を口にすることに、ラシードは歯が浮く思いだった。

みんながシェリダンに好意を持ち、そのせいで必要以上に彼女のことを考えてしまう。自分もシェリダンのことは好きだが、その意味が違う。彼女がベッドの中で身をよじるのが、高みに達するときに声をあげるのが、唇で貪欲に味わうのが好きなのだ。もう何日もそのことばかり考えている。

だから慎重にシェリダンから距離を置いていた。彼女がかきたてる熱い感情に反応せずにいられる自信がないからだ。

こうして会えばまたシェリダンの唇を見つめ、その唇が自分の肌を這《は》うところを想像してしまう。やはり彼女から離れていたのは正しかった。

そこでシェリダンの目に涙がたまっているのに気づき、ラシードはショックを受けた。出会った瞬間から今までずっと強気だったのに。涙がひと粒頬を伝うと、彼女は急いでぬぐった。

「なんて言えばいいかわからないわ」シェリダンは息を吸いこみ、手で口元をこすった。

ラシードは喉が締めつけられたが、なぜそうなるのかはわからなかった。咳《せき》払いし、彼は言った。

「休んだほうがいい、いとしい人《ハビブティ》」

シェリダンは顔にかかった髪をぎこちなく耳にかけた。「ええ、そうね。とても疲れたわ」

ラシードはぐったりとシンクにもたれているシェリダンに近づくと、腕に抱きあげた。

「何をするの?」シェリダンが息をのんだ。

「君をベッドへ運ぶんだ」

シェリダンは頬を赤らめた。「私はとてもそういう気分では……」

ラシードはシェリダンを寝室へ運び、ベッドに下ろした。「そんなつもりではない」枕元にたたまれていたナイティを彼女に渡し、頬にやさしく指を這わせる。「着替えるんだ。僕は食事をすませたら戻ってくる。もしそのときにまだ君が話をしたかったら、そうしよう」

シェリダンの目は涙をこらえているせいで赤かった。「わかったわ」

ラシードは寝室を出て居間に戻った。シェリダンが動揺し、混乱しているのを見るのがつらかった。僕に立ち向かってくる彼女を見ているほうがいい。怒りをあらわにし、ぜったいに子供を手放さないと主張する彼女のほうが。

シェリダンは強いから、僕がどんな仕打ちをしようと乗りきるだろう。あるいは、世界がどんな試練を用意しようと。だが、無事に出産を乗りきれるだろうか？　彼女はあんなに小柄で華奢《きゃしゃ》なのだ。

ラシードは押し寄せる記憶をとめられなかった。そのせいで体が震え、痛みを覚えた。もうあんな目にあうのはごめんだ。シェリダンにどんなにやさしくしたくなっても、氷で固めた冷たい心を保たなくては。

しばらくして、ラシードは再び寝室へ向かった。シェリダンに相談なく決めたさまざまなことについて、彼女は質問や非難を浴びせかけるだろう。言いたいことをなんでも言わせよう。彼女の怒りや非難は僕の興奮をかきたてる。それから彼女の服を脱がせ、一緒にベッドに入ろう。あることが別のことのきっかけとなったからといって、悪いわけがない。

だが、寝室へ入っていくと、シェリダンはベッドの真ん中でぐっすり眠っていた。

9

「検査結果は陽性です」やせ型で背の低い、眼鏡をかけた医師が、プリントアウトされた結果を見ながら言った。「hCG値は順調にふえていて、この段階では何もかも正常です」

ラシードの執務室に座っていたシェリダンは、心臓がとまったような気がした。デスクをはさんで向かい側に座るラシードは唇を真一文字に引き結んでいる。医師はそれとなく漂う緊張感には気づかないようすで立ちあがり、深くお辞儀をした。

「おめでとうございます、陛下」

ラシードが手ぶりで合図して医師を下がらせ、あとは二人きりになった。だが、彼は無言でじっと座っている。その血の気のない顔を見て、シェリダンは緊張のあまり胃が痛くなった。

「最初の人工授精で妊娠するとは思わなかったわ」彼女は震える声で言った。

ラシードはシェリダンがそこにいることに今気づいたかのように顔を上げた。「なんだって?」しかし、彼女の返事を待たずに立ちあがり、部屋の中を落ち着きなく歩きまわりはじめた。「すぐに結婚しよう。まずは枢密院に知らせて、それから書類にサインをするんだ。国家行事としての結婚式は二週間後に執り行う。君はそれまで姿を見せずに――」

「やめて」シェリダンは立ちあがった。喉元とこめかみで血が激しく脈打っている。なぜ口を開いたのかわからないが、自分の人生が目の前で変わろうとしているのにそれをとめるすべは何もないという無力感に襲われていた。「あなたは私の意見をまったくきかずにすべての計画を立てているわ」

ラシードが眉根を寄せた。「これがキルのやり方だ。君はどんな段取りが必要かわからないだろう」

シェリダンは手を握り締めた。汗をかいているのは気分が悪いからではなく、ショックと恐怖を感じているからだ。「私はキルのやり方について話しているんじゃないの。この結婚について話しているのよ」まるで結婚を拒否できるかのように言った。

でも、ラシードは王で、ここは彼の宮殿よ。私が身ごもっている子供は嫡出子として生まれなくてはならない。しかもラシードはアニーの不妊治療の費用を出してくれると言った。これ以上、何を望むことがあるの？

愛よ。そう、私は愛が欲しい。相手を愛しているからという理由で結婚したい。そうせざるをえないからという理由ではなく。

ラシードが不満げに目を細めた。「君は妊娠している。つまり、この結婚はもう決まったんだ」

シェリダンは両腕をぴったりと体のわきにつけた。「私がちゃんとプロポーズされたいと思っているかもしれないという考えは浮かばないの？　私は家族に囲まれて、古い教会で結婚式を挙げたいかもしれない。それに、愛し合っている男性と結婚したいかもしれない」

ラシードの表情が険しくなった。「人生はいつでも望んだとおりになるわけではない。僕たちは差し出されたものを受け入れ、最善の努力をするしかないんだ」

シェリダンの心は沈んだ。なんて腹立たしい人かしら。冷淡で、打算的で、傲慢。この結婚が私にとってどんな意味を持つか、少しは気遣ってくれてもいいのに。でも、彼にとって私は将来の王を身ごもった女でしかない。ダオウドやファティマやムスタファに命令するのと同じように、私にもあれこれ指図したいのよ。

でも、おとなしく従うつもりはないわ。

「私はまだイエスと言っていないわ。あなたは計画を立てているけど、私はイエスとは言っていないのよ」

ラシードはデスクのペンを取り、手の中でくるりとまわした。まるで何かせずにいられないかのように。「君は僕の子供を身ごもっていて、僕たちは結婚する。イエスという答えが必要な問題は何もない」そう言うと厳しい目でシェリダンを見すえた。

「ノーと言えるなら、言ってみたらどうだ？　関係者にどういう影響が出るかわかっていながら、君はノーと言うつもりか？　自分の子供が僕の後継者となる機会を奪うのか？　あるいは、姉さんが自分の子供を持つ機会を奪うのか？」

シェリダンは息苦しくなった。「そんなことは言っていないわ」

ラシードはペンを放り出し、椅子の背にもたれた。

「だったら何が問題なのかわからないな。君はお后《きさき》となり、特権的な生活を送る。そして僕たちの子供の母親となる。君はそうしたいとはっきり言ったじゃないか。それとも、子供が生まれたら、その子を置いてアメリカへ帰るのか？」

シェリダンは膝の上で拳を握り締めた。「子供を置いて帰るのはぜったいにいやよ」

「だったらすぐに結婚して、この件を片づけよう」

この件。まるで結婚と子供の問題が、休暇にどこへ行くかとか、新しい家にどんな絨毯《じゅうたん》を買うかという問題と同じみたいな言い方だ。

「話をまとめてくれてありがとう」シェリダンは立ちあがった。怒りと恐怖のせいで体が震えている。「自分の部屋に戻って、あなたの次の指示を待つわ。これまで二十六年間、あなたの指示なしでどうしてやってこられたのかしら。これからは自分の頭で考えなくていいなんて、うれしいわ」

「気をつけろ、シェリダン」ラシードがうなった。

「なぜ？　もし私が間違えたら、あなたが正しい答えを教えてくれればいいのよ」シェリダンは今までいちばん深くお辞儀をしてから、踵《きびす》を返してドアへ向かった。だが、ラシードのほうが先にドアの前に着き、彼女を腕の中に囲いこんだ。

彼のほうを向かされ、シェリダンは息をのんだ。

「王に向かって捨てぜりふを吐いて出ていくつもりか？」

「あなたは私の王ではないわ」シェリダンは強い口調で言い返した。だが、彼と触れ合っている肌はほてり、好ましくない炎が体に燃え広がりはじめている。

「僕は王だ」ラシードの低い声には憤りがこもっていた。「もちろん君の王でもある。君は今や僕のものだ、シェリダン」荒々しく言い、彼女を壁際まで追いつめる。「僕は自分のものは手放さない」

ラシードが頭を下げ、唇をシェリダンの唇に押しつけた。シェリダンは体がこわばらせ、抵抗しようと決めた。唇を開かず、彼を押しやろうと。

だが、できなかった。ラシード・アル・ハッサンの官能的な魅力にはあらがいようがなかった。彼の舌が口の中にすべりこみ、反応を求めてくる。二人は狂ったように激しくキスをした。会わずにいた数日間の鬱積した情熱をこめて。

ラシードはシェリダンの胸の下で手を広げ、親指で頂に触れた。シェリダンの心臓が早鐘を打ち、胸の先が痛いほど張りつめていく。

ラシードの手がカフタンのファスナーをさぐって手際よく下ろし、肩から脱がせて床に落とすと、シェリダンは彼の首に腕をまわし、体をぴったりと押しつけた。ラシードはうめき声をもらしながら彼女のショーツをはぎ取った。シェリダンも彼のズボンをさぐった。

まもなくシェリダンは高まりに触れたが、楽しむ機会は与えられなかった。ラシードが大きな手でシェリダンのヒップをつかみ、体を持ちあげて壁に押しつけたかと思うと、いっきに彼女を貫いたからだ。

「シェリダン」彼がシェリダンの耳元で熱っぽくささやいた。「僕には君が必要なんだ」

「キスして、ラシード」シェリダンは懇願した。肌が張りつめ、体は燃えだしそうに熱い。彼の与えてくれるものが必要だった。彼と一つになって欲望を解き放つことが。

ラシードの唇がシェリダンの唇と溶け合った。彼はこの前よりもっと激しく、さらに深くシェリダンと結ばれた。彼女はラシードの腕の中で粉々になったような感覚を味わった。もぎ取るように唇を彼の唇から離し、むせび泣きながら彼の名前を呼んだ。

だが、ラシードはシェリダンを放さなかった。全身の神経が震え、あまりの快感にもう一瞬も耐えられなくなるまで、何度も彼女を駆りたてた。そしてとうとう鉄の自制心を手放し、自らも欲望を解き放った。

そのあと、シェリダンの背後の壁に額をつけた。呼吸は荒く、とぎれとぎれになり、肌はほてって、汗がにじんでいる。彼女もまったく同じだった。

ふと気づくと、ラシードが体を離していた。彼はあとずさってズボンを直し、身をかがめてシェリダンのカフタンを拾いあげた。彼女がひったくるようにそれをつかむと、彼は平然として目を合わせた。

二人はそのまま見つめ合った。

シェリダンは体の前で盾のようにカフタンをつかんだまま、脚が震えるのを感じた。怒りがふつふつと煮えたっている。でも、もしラシードに抱き寄せられたら、もう一度キスされたら、私は花が開くように彼に体を開いてしまうだろう。

そんな自分がいやでたまらない。喜んで衝動に屈してしまうことも、彼にとって都合のいい女になってしまうことも、もううんざりだ。

「あなたが何を考えているのかわからないわ」シェリダンは言った。「私と一緒にいるのがいやなら、そもそもどうして私に触れるの？」

二人の間には特別な力が働いているとシェリダンは思っていた。でも、勘違いだったようだ。ラシードは私を手っ取り早いセックスの相手としか見ていない。彼は私の体に喜びを見いだし、欲望を満たした。そして私は、愚かにも同じ過ちを二度も犯した。

ラシードが片手を髪に差し入れた。「僕は君と一緒にいたい。だが、もう用はすんだし、僕には仕事がある」

シェリダンは怒りをこめてカフタンを振り広げ、身につけた。それから彼をにらみつけて、硬い口調で言った。「私にも感情があるのよ、ラシード。あなたが好き放題するために、感情を踏みつけにされてたまるものですか。それともう一つ」彼に指を突きつけて続けた。「この宮殿にもビジネススーツやスラックス姿の女性がいるのを見たわ。今まではあなたの意向にそってキルの女性と同じ格好をしてきたけど、これからはそうはしない。ジーンズをはきたいときはそうするつもりよ」

ラシードの表情はまったく変わらなかった。「枢密院のメンバーに会うときは伝統的な服装をしてもらう。それ以外は君がどうしようとかまわない」

シェリダンは彼の黒い瞳をじっと見つめ返し、顎を上げた。「ええ、とっくにわかっていたわ。あなたは私のことなんて気にもしていないのよ」

ラシードは枢密院のメンバーを招集し、結婚することとその理由を伝えた。彼らはシェリダンがキル人でないことを喜ばなかったが、ラシードの子供を身ごもっている以上、反対しようがなかった。

「では、二番目の妻にはキル人の女性を迎えることを考えていただけますか、陛下?」一人が尋ねた。ラシードは鋭い目で枢密院のメンバーたちを見渡した。善良で賢い老人たちだが、いまだに古い伝統にこだわっている。生粋のキル人が王位を継ぐべきだという考えもその一つだ。

「そうしよう」ラシードは冷静に応じた。「すぐにというわけではないが」

その答えに満足したらしく、会議は解散した。ラシードは仕事をするために執務室に戻ったが、さっきこの部屋の壁際でシェリダンを抱いたことを思い出さずにいられなかった。自分に巻きつけられた彼女の美しい脚を、耳元であえぐ甘い声を。

デスクの前に座り、壁をじっと見つめた。シェリダンは僕を混乱させる。それが気に入らない。あなたは私のことなど気にもしていないと彼女は言ったが、実はそうではないことが怖いのだ。僕はシェリダンのことを考えずにいられない。彼女と一つになり、我を失うのがどんな気分かを。そして、いつも絶えず彼女のことを求めている。そういう自分がたまらなくいやになる。

しかもシェリダンは妊娠しているのだ。妊娠という言葉を思い浮かべるだけで、いつものように背筋が寒くなる。だが、今は恐怖以外の感情もある。誇らしい気持ち、彼女と子供は自分のものだという意識。彼女は僕の子供を身ごもっていて、だから僕は彼女と結婚する。キルのために。

ラシードは立ちあがり、執務室を出て自分の部屋へ向かった。外はまだ暗くなっていないが、時間はもう遅い。部屋に着くと、ボタンダウンシャツとジーンズに着替えた。もちろんシェリダンがジーンズをはくと宣言したことを意識して。それからいくつかの部屋を抜け、シェリダンの部屋に通じている秘密のドアまで行った。

しばらくそのドアを見つめてから、鍵を開け、シエリダンの部屋に足を踏み入れた。彼女は寝室にはいなかった。隣の部屋へ行くと、パソコンの前に座っていた。背中をまるめ、頭をかかえている姿を見て、胸が締めつけられた。

シェリダンがティッシュに手を伸ばした。泣いているのだ。僕のせいに違いない。僕が彼女を遠ざけたからだ。だが、セックスのあとで彼女と抱き合っていると裏切り者のような気分になることを、どう説明すればいいだろう？　セックスのせいではない。ずっとこのままでいたい、彼女の何もかもを知りたいと思ってしまう自分のせいだ。

「シェリダン」

彼女がはじかれたように体を起こし、こちらを向いた。鼻が赤かった。「ああ、死ぬほど驚いたわ」

「悪かった」

シェリダンはシルクのシャツとジーンズというい

でたちだった。肩を落としたその姿はひどく小さく、寂しげに見えた。「どうやって入ってきたの？」

「寝室に秘密のドアがあるんだ。僕の部屋に続くドアが」

「まあ」シェリダンは小声で言った。この前の晩、なぜそのドアを使わなかったのかと思っているのだろう。だが、今はそんなことより重要な問題がある。

「どうかしたのか？」

シェリダンは肩をすくめた。「共同経営者のケリーからのメールを読んでいたの。私たちの夢はもう終わりだと、二人とも実感しているのよ」

「僕のせいだと思っているんだろうな。だが、そもそもの原因を作ったのは僕じゃない」それでもラシードは、彼女の人生の大きな変化に自分が関わったことに罪悪感を抱いていた。

「信じてもらえないでしょうけど、それはわかっているわ。でも、たった一つの手違いがこんなにたくさんの人の人生を大きく左右してしまうということが、とても不思議に思えて」

シェリダンは立ちあがると、椅子の背に両手を置き、指の関節が白くなるほどきつく握り締めた。そんな彼女を見て、ラシードは二つの思いの間で板ばさみになった。彼女のところへ行って抱き締めるべきか、動かずにいるべきか。結局、彼は動かなかった。今は彼女も僕の慰めを受け入れはしないだろう。

シェリダンは再びティッシュを鼻に押し当て、それからポケットに押しこんだ。「それで、今度は私に何をしろと言いに来たの？」

ラシードは眉根を寄せた。どうしてここへ来たのだろう？　なぜなら、彼女から離れていられないからだ。彼女の明るさに蛾《が》のように引きつけられてしまう。

「何かしろと言いに来たわけじゃない」

「でも、息抜きに来たわけじゃないでしょう？　私にどんな用事があったの？」

ラシードは生まれて初めて言うべき言葉を思いつかなかった。それで頭の中をさぐった。「今度、弟に超高層ビルを建ててもらうことになった。君は建築の仕事をしていたんだろう？　相談にのってもらえないか？」

シェリダンは何度もまばたきをした。「私は、その、確かに建築を学んだけれど、専門は歴史的建造物の保存なの。古い建物よ。超高層ビルのことはあまり詳しくないわ。ケリーと仕事を始めるために、建築関係の仕事からは離れてしまったし」

「どうして離れたんだ？」ラシードは本当に知りたかった。

シェリダンは肩をすくめた。「建築の仕事は楽しかったけれど、パーティの企画ほどではなかったわ。私は何かを計画して、人を幸せにするのが好きなの。古い建物の保存は時間がかかるでしょう。でも、料理と楽しいひとときで人を幸せにするのは、すぐに満足感を得られるわ」

「だから君はしょっちゅう厨房《ちゅうぼう》へ行っているわけか。ところで、蓮《はす》の花の形に折りたたんだナプキンは気に入ったよ」

シェリダンはにっこりした。今回は本物の笑みだった。「よかった。次は羊歯《しだ》の葉を教えるつもりよ。そのあとは白鳥ね」

「公式晩餐会《ばんさん》に白鳥はやめてくれ、頼むよ」

シェリダンは笑った。「わかったわ、白鳥はやめましょう」それからふいに笑みを消し去り、椅子の背にもたれた。「私もそういう行事に出席するの？それとも、飲みすぎてテーブルの上で踊ったりされては困るから、部屋に閉じこめておかれるのかしら？」

それを聞いてラシードは愉快になった。「君は飲みすぎてテーブルの上で踊ったりするのかい？」

「大学を出て以来、そんなことはしていないわ」彼が驚いた顔をするのを見て、シェリダンはまた笑った。「冗談よ。お酒は飲まずにテーブルの上で踊っていたわ。はめをはずすのは楽しかったから」

ラシードはテーブルの上で楽しげに踊る彼女を想像しようとした。「君はしょっちゅうはめをはずすのか？」

シェリダンは一瞬ためらった。「あなたに関する限り、はめをはずしすぎたわ」

その言葉は宙を漂い、ラシードは体が熱くこわばるのを感じた。べつにシェリダンが挑発的なことを言ったわけではないし、したわけでもない。だが、彼女がどんな味がするか、触れたらどんな感触か、僕は知っている。だから服を脱がせて再び彼女を味わい、感じたい。

「僕たちがベッドをともにしたのは二度だけだ」ラシードは思い出させた。

「あなたが私を避けていなかったら、もっとそうしていたでしょうね。でも、あなたのやり方は正しかったと思うわ」

「君は本当に予想もつかないことを言うな」

「正直すぎて嫌われることもあるの。でも、私はずっとそうしてきた。そのほうが楽なのよ。いろいろな思いを胸にしまっておくよりもずっといいわ」

「だが、君だって胸にしまっている思いがあるだろう」ラシードはシェリダンの姉のことを考えた。シエリダンは必死に姉の弱さをかばおうとする。たとえその弱さのせいで自分がつらい目にあっても。なぜ彼女がそんなことをするのか考えずにいられないが、答えてもらう必要はない。子供のころ、僕も父親の怒りから弟を守るためにあらゆることをした。たいていうまくいかなかったが、とにかくそうしていた。

シェリダンがうつむいた。「そうね。でも、誰でも秘密が必要でしょう?」

もちろん反論はできなかった。自分にも秘密はある。「必要という言葉がふさわしいかどうかはわからないが、君の言っていることはわかるよ」

シェリダンの青い瞳が光を放った。「私はまだあなたに怒っているの。でも、もしあなたがここに来て私を抱き締めたら、そのあと数時間は何もかも忘れてしまうでしょうね」

ラシードがまさにそうしようとしたとき、シェリダンにさえぎられた。

「でも、それはやめて」彼女はかぶりを振った。「私には結婚や子供のことを自分なりに納得して、受け入れるための時間が必要なの。あなたから渡された箱にどうやって自分の人生をおさめるか考える時間が。あなたとベッドをともにしたら、また混乱してしまって何も考えられなくなるわ」

10

心臓が激しく打つのを感じながら、シェリダンは部屋の向こう側に立っているハンサムな王を見つめた。ひと言促せば、彼はすぐにそばに来て、数時間は、私が彼の人生で最も大切ですばらしい存在であるかのように感じさせてくれるだろう。

でも、二度と欲望に屈してはならない。今日の午後、衝動を抑えきれずラシードの執務室で体を交わし、あんな気持ちを味わったのだから。ラシードにかきたてられた感情のせいで消耗し、やさしさと親密さを求めていた私を、彼は突き放した。それなのに、抱かれつづけるわけにはいかない。

「セックスはあなたにとって取るに足りないことな

んでしょう」シェリダンは言った。ラシードが否定しないので、胸が痛くなった。「私にとってもそうよ。でも今は、必要以上に意味を持ってしまいそうなの。自分はここには場違いな存在だと感じているから」

それがシェリダンの本当に恐れていることだった。知らない国でよそ者として暮らし、この男性に何もかも依存するようになったら、夫婦という法律上の関係よりもっと強く彼に縛りつけられてしまう。だから私は感情をしっかりと現実に結びつけておく必要がある。そのためには彼がそばに来るたびにベッドに倒れこんでいるわけにはいかない。

ラシードは両手をポケットに突っこんだ。さりげない態度を装っているが、こわばった肩からは緊張が伝わってくる。

「君を箱に押しこめようとはしていない。どんなに特権的な生活を送ることになるか、君はわかってい

「どんなに豪華でも、箱は箱よ」

ラシードはこみかみをさすりながらソファに近づき、どさりと座った。「ここがどういう場所かはよくわかっている」ソファの背にもたれ、ドーム型の天井を見あげる。「子供のころ、僕はこの宮殿で暮らしているのがいやだった。ここはいろいろな意味で地獄だった」

シェリダンもソファの端に腰かけた。心臓が喉までせりあがってきて、目に鈍い痛みを感じた。

ラシードは肩をすくめた。「僕の父は厳格だった。鞭《むち》を惜しめば子供をだめにするという言葉をそのまま信じているような父親だった」

シェリダンはごくりと唾をのみこんだ。ラシードは本気でそんな個人的なことを私に打ち明けようとしているの？「あなたは最近までキルを離れていたと聞いたわ。それはどうしてなの？」

ラシードの瞳がぎらついた。「宮殿には情報があふれているようだな」

「私にそのことを教えてくれた人は、話すのを怖がっているみたいだったわ。まるであなたがささいなことで人々を罰する暴君であるかのように」

それを聞き、ラシードは驚いた顔をした。「僕は王だから、厳しくふるまわなくてはならないこともある。だが、暴君ではない。僕の怒りを間近に見るのは枢密院のメンバーや側近たちだけだ。メイドや料理人を怖がらせる必要はない」

「私はあなたが暴君だとは思っていなかったわ」なぜなら、これまで出会った人たちはラシードが王になって喜んでいるように見えたからだ。でも、畏れを感じてもいるようだった。王はあまり話をしないと、彼らは言った。一人でいるのを好み、まじめで責任感が強く、めったに笑顔を見せないと。

だが、王は公平だと誰もが言った。そうではないようだな」

と言う者にはまだ会っていない。

ラシードはシェリダンの言葉を信じていないかのように、片方の眉を上げた。「本当か？ 君は誰よりも僕に批判的だと思ったが。僕は君をさらって、無理やりキルへ連れてきたんだろう？ 君の意思を無視して、強引に自分と結婚させようとしているんじゃないのかい？」

シェリダンは膝の上で手を握り締めた。「ええ、それは本当にひどいことよ。でも、あなたは残酷ではない。腹立たしくて傲慢だけど、残酷ではないわ」

ラシードは彼女の目をじっと見すえた。「僕は残酷さというものをよく知っている。だからこそ、目的を達成するために残酷な手段を使う者にならないように努力している」

再び彼の子供時代を思い、シェリダンの胸は締めつけられた。「あなたの言うことを信じるわ」

ラシードは息を吐き出した。「じゃあ、とりあえず一歩前進だな」それからふいに立ちあがった。「おやすみ、シェリダン。ぐっすり眠ってくれ」

「待って、ラシード」

ラシードは振り向き、問いかけるようにシェリダンを見た。

なぜ引きとめたの？ 何を言いたいの？ シェリダンの心臓は激しく打った。どうしてラシードのところへ行き、彼を抱き締めたくてたまらないのだろう？ 欲望のせいではない。子供のころの彼に同情を覚えているからだ。残酷な父親を持ち、十分な愛をそそいでもらえなかった男の子に。

シェリダンはもっとたくさんのことを知りたかった。だが、ラシードはもうここを出ていこうとしている。話を続けてもらうのは無理だ。

「あなたもぐっすり眠って」彼女はささやくように言った。

ラシードは言葉を返す代わりに少し首を傾け、それから出ていった。

翌日、カディル・アル・ハッサンと妻のエミリーが到着した。シェリダンが子犬と遊んで戻ってくると、宮殿内は大騒ぎだった。Tシャツとジーンズから別の服に着替えるために急いで部屋へ戻ったが、クローゼットの前に立ってためらった。家から持ってきた服とキルの衣装、どちらを着よう？　結局、ブラウスとスラックスを身につけ、ヒジャブをかぶることにした。そして落ち着かない気分で、誰かが呼びに来てくれるのを待った。

とうとうドアをノックする音がして、ファティマがエミリー・アル・ハッサンを案内してきた。エミリーは背が高くてほっそりした、美しい女性だった。ブランド物のスーツを優雅に着こなしている。彼女はシェリダンに向かってほほえんだ。

「あなたがシェリダンね」自己紹介してから、エミリーは言った。「お会いできてとてもうれしいわ」

シェリダンもうれしかった。エミリーはアメリカ人だから、たとえ初対面でも故郷からの客を迎えたような気がした。ファティマが出ていくと、エミリーは同情に満ちた、心配そうな表情を浮かべた。

「元気にやっているの？」彼女は尋ねた。「ラシードはお行儀よくしているかしら？」

初対面の相手に自分の私生活を明かすのは妙な感じだが、エミリーはキルの王家の一員と結婚するというまれな経験を分かち合う唯一の人物なのだ。

「彼がお行儀のいいふるまいを知っているかどうか疑問だわ」シェリダンが言うと、エミリーは笑った。

「正直に言って、初めてラシードに会ったときはものすごく怖かったの。寡黙だし、気性が荒そうに見えたから」エミリーは眉根を寄せた。「私がこんなことを言うべきではないかもしれないけど、ラシードとカディルは先代の王とうまくいっていなかったのよ。先王はとても厳格な方だったの」

「ラシードもそう言っていたわ」

エミリーは目を見開いた。「彼が？　それは興味深いわね。彼は先王が後継者を選ぶのを拒否したことも話した？　後継者はラシードになるはずだったんだけど、ザイード国王は彼を懲らしめたかった。だからずっと次の王を決めずにいたの」

「でも、最後には決めたんでしょう」

エミリーは紅茶をひと口飲んだ。「いいえ。カディルが決めたの。先王が亡くなったとき、ラシードはキルにいなかったから、カディルが王位につかなくてはならなかった。でも、即位を正式に宣言をする前に、ラシードが現れたの。それでカディルは王位を放棄したのよ」

シェリダンは目をぱちくりさせた。「どうしてそんなことを？」

エミリーの頬がうっすらと赤らんだ。「話せば長くなるんだけど、カディルは私のためにそうしたの。キルにとって、私はあまりにも不名誉な女だったから。もっとも、彼はどうしても国王になりたくなくて、王位から逃れるためだけに私と結婚したんだけれど」

「でも、あなたたちはまだ結婚しているわ」

エミリーは笑った。「ええ。たとえ間違った理由からだとしても、カディルと結婚したことは私の人生で最もすばらしい選択だったわ。あとになって、その理由が実は正しかったことがわかったけれど」

シェリダンは胸が締めつけられた。エミリー・アル・ハッサンが心から夫を愛しているのは明らかだ。そして、夫も同じように妻を愛している。彼女のために王位を放棄してもいいと思うくらいに。なんてロマンチックな話だろう。自分とラシードの関係、そして間近に迫った二人の結婚を思い、シェリダンは悲しくなった。

こみあげる激しい感情を抑え、かぶりを振った。

「私はラシードと結婚したくないの。彼を愛していないし、彼も私を愛していないわ。でも、赤ちゃんのことを考えなくてはならないの。未婚の母親が産んだ子供は王位を継げないのよ。たとえその子の父親が確実にキルの王であっても」

「ええ、そうでしょうね」エミリーは身を乗り出し、シェリダンの手を握った。この女性が心から同情してくれるのがシェリダンはうれしかった。「でも、キルは魅力的な国で、アル・ハッサン兄弟はもっと魅力的よ。最後にはあなたもきっと結婚してよかったと思うはずだわ。いくらラシードが気むずかしくても」

シェリダンは笑った。おかげであふれそうだった涙も引っこんだ。私にはこういう人が必要だったのかもしれない。太陽がラシードからのぼり、ラシードに沈むとは考えていない人が。彼にも欠点があると知っていて、それをかまわず口にできる人が。

「彼は本当に気むずかしいの」シェリダンは言った。

「それに尊大よ」

エミリーは声をあげて笑った。「尊大なのはアル・ハッサン家の男たちの特徴ね。でも、二人がとてつもなくハンサムだってことは認めなくちゃ」

「まだあなたの旦那さまにお会いしていないけど、彼が少しでもラシードに似ているとしたら、あなたはとても幸運な女性だわ」

エミリーは眉を動かした。「私はまさに幸運な女よ。あなたもそうなれるわ、ラシードを上手に手なずけられれば」

シェリダンはため息をついた。エミリーは最後には何もかもうまくいくと信じているけれど、とてもそう思えない。ベッドをともにしたあと、ラシードに遠ざけられたことを思い出すと、胸が張り裂けそうになった。「彼を手なずけられる人なんているのかしら。それに、自分がそうしたいのかどうかもわからない。私は本当は家に帰りたいの」

その言葉はもちろん本心ではなく、シェリダンは頬が赤らむのを感じた。だが、エミリーは礼儀正しく見て見ぬふりをした。

「紅茶を飲む?」エミリーは話題を変え、ポットに手を伸ばした。

「いただくわ」

新しい紅茶をついでひと息つくと、エミリーは考えこむようにシェリダンを見た。「カディルの話では、ラシードは以前はあんなふうに自分の殻に閉じこもっていなかったらしいの。何かその原因になる出来事があったんだろうと、カディルは言っているわ。数年間、二人がほとんど連絡を取り合わなかった時期があるんですって。カディルは自分の会社を立ちあげていたころで、ラシードはロシアにいたそうよ」エミリーはそこで紅茶をひと口飲んだ。

シェリダンははっとした。ラシードが結婚していたこと、そして妻を亡くしたことをカディルが知らないとは思ってもみなかった。ただ、そのことについては何も言える立場ではない。だから黙って紅茶を飲んだ。それでも、愛する女性を亡くしたラシードに慰めを求める人もいなかったのだと思うと、心が痛んだ。

二人はさらに一時間ほどいろいろな話をした。エミリーはキルでの結婚の手続きについて説明してくれた。それが無味乾燥な事務的作業にすぎないとわかり、シェリダンはかえってほっとした。盛大で感動的な結婚式を挙げたいとずっと思ってきたけれど、書類にサインをして、ラシードが同じことをするのを見守るのがせいぜいだろう。それなら銀行で融資の申し込み書類にサインするのと同じようなものだ。なんとか乗りきれる。

しかし数時間後、実際にそのときがやってくると、シェリダンは思った以上に緊張していた。手続きはラシードの執務室で行われ、式を取り仕切る弁護士と、証人を務めるカディルとエミリーが立ち会った。会議テーブルの片側にラシードとシェリダン、向かい側に二人の弁護士、両端にカディルとエミリーが座り、数分間ですべてが終わった。

通訳がシェリダンのために書類を読みあげ、所定の場所にサインをするよう指示した。シェリダンは隣に座るラシードが一心に自分を見つめているのを感じた。まるでサインを拒むことを期待しているかのように。シェリダンは本当にそうしたかった。もう少しで立ちあがり、部屋から飛び出しそうになった。だが、そんなことをしても結局は引き延ばし作戦にしかならないとわかっていた。

シェリダンはサインをしてペンを置き、膝の上で握り締めた手を見おろした。ラシードは走り書きのように無造作にサインをして、そのあと書類一式をテーブルの向こう側へ押しやった。

彼は怒っているように見えたが、理由はわからなかった。ちらりとエミリーのほうを見やると、彼女は励ますようにほほえみ、きっぱりとうなずいた。〝あなたならできるわ〟というように。

数分後、弁護士たちが書類をブリーフケースにおさめて立ちあがった。彼らが出ていくと、エミリーはカディルのところへ行き、彼は妻の手を取った。もちろんカディルはとてもハンサムだった。

「おめでとう、兄上」カディルは兄と握手をした。「それに、シェリダン、ようこそ我がアル・ハッサン家へ」

カディルはシェリダンの両頰にキスをした。エミリーが同じことをしている間に、カディルは兄を部屋の反対側へ連れていって何か話しはじめた。シェリダンの心臓の鼓動が速くなり、胃が引きつった。

「大丈夫」エミリーが言った。「ラシードはいい人だもの。今はちょっと当惑しているだけよ。カディルもそうだったわ。でも、彼と私は苦労してなんとかここまで来たの」彼女はシェリダンの肩をぎゅっとつかんだ。「あなたたちにもきっとできるわ」

私もそれくらい自信が持てたらいいのに。シェリダンは弱々しくほほえんで、この場に立ち会ってくれたお礼を言うのが精いっぱいだった。

カディルが戻ってきて、妻の肩に腕をまわした。そばにいるときは妻に触れずにいられないのだろう。シェリダンはせつなさに胸が締めつけられた。ラシードも私に触れるけれど、それはセックスのためだ。欲望が満たされれば私から離れていく。

「そろそろ兄上たちを二人きりにしてあげよう、いとしい人《ハビブティ》」カディルが言った。

そして二人は出ていき、シェリダンとラシードは執務室に取り残された。この前、壁際で狂おしく体を重ねた部屋に。窓から見える景色は美しい。一方の窓からは遠くに砂岩の崖が見え、もう一方からは海が見える。部屋は静かだった。あまりにも静かだった。

シェリダンはラシードのほうに向き直った。彼はいかにも不機嫌そうな顔でこちらを見ている。さっき書類を乱暴に押しやったことを思い出し、胃が引きつった。彼は私以上に結婚したくなかったんだわ。

ラシードの眉間のしわがいっそう深くなった。

「君が僕を怖がっていると、カディルに言われた」

シェリダンはかぶりを振った。「怖がっていないわ」

「僕もそう思った。出会ったときから、君は僕に突っかかってきた。あのとき怖がっていなかったんだから、お后《きさき》となった今、怖がっているはずがない」

シェリダンの胃は緊張のあまりぎゅっと縮んだ。

「お后なんて気分ではないわ」

「すぐに実感がわくよ。枢密院のメンバーに会わなくてはならないし、君が主催しなくてはならない公式行事や、出席しなくてはならない会合もある。秘書と手伝いのスタッフをつけよう。支援する慈善活動を決めて、その集まりに顔を出す必要も――」

「お願い、ラシード」シェリダンはさえぎった。喉がからからに渇いていた。今、彼が口にした数々の義務を考えると、逃げ出してどこかに隠れたくなる。「務めを押しつける前に、結婚したという事実に慣れさせてくれないかしら?」

ラシードの表情はよそよそしかった。「君は結婚したくないと言っていたし、することがないのがいやだとも言っていた。だから僕から離れていられる用事を作ったほうがいいだろうと思ったんだ」

「私が結婚したくないと言った理由は、あなたもわかっているはずよ。だからその話は繰り返さないわ。それに、私は確かに忙しくしているほうが好きよ。だけど、あなたが今言ったような務めは、パーティを企画して料理を届けるのとはわけが違うわ」

ラシードは唇を引き結んだ。「必要とされる技術は同じだ。君は人を幸せにするのが好きだと言っていた。お后として同じことをすればいいんだ。やってみたいことがあったら、行事を企画してもいい。秘書に相談すれば、細かいことはすべて手配してくれるだろう」ラシードはデスクに戻り、書類をめくりはじめた。シェリダンはしばらく動かずその場に立っていた。悪さをして校長室に呼びつけられた子供のような気分だった。

「私のことを怒っているの?」シェリダンはとうとう尋ねた。ラシードとどうにかやっていくには、思ったことを率直に言うしかない。

ラシードが顔を上げ、射抜くようなまなざしを向けた。「怒っている? いや、そんなことはない」

彼が再び書類をめくりはじめると、シェリダンはわざとらしく息を吐き出した。「怒っていない人はそんな態度をとらないはずよ、ラシード」

ラシードは書類を置き、デスクをまわってきた。そしてその端に寄りかかり、腕を組んだ。「さっきの君は、食肉処理場に引きずってこられたばかりの羊みたいだった」

いらだちのあまり、シェリダンの血がわきたった。「あなただってちっともうれしそうではなかったわ。つまり、私たちのどちらも結婚したくなかったということよ。だから自分が不機嫌なのを私のせいにするのはやめてちょうだい」

「いや、君のせいだ、シェリダン。僕が不機嫌なのは欲求不満だからだ。隣にいて君の香りを感じるのに、君に触れられなかった。君が触れないでくれと言ったから、そうしなかった。そのせいで僕はいらいらしている。夫はいつでも妻に触れることができるはずだろう」

シェリダンの心臓がはねあがり、血が勢いよく全身を駆けめぐった。彼は怒っているのではなく、欲求不満に陥っているのだ。私を求めているのだ。彼女の中に興奮が泡のようにふつふつとわきあがった。

「私たちの結婚は名目上のものだとあなたは言ったわ」サヴァナにいたとき、ラシードは車の中でそう言った。すでに二度体を交わしたが、考えが変わったことを彼に認めてほしかった。

ラシードが眉をつりあげた。「この一週間で二度もあんなことがあったのに、君は本当にこの結婚が名目上のものだと思っているのか?」

シェリダンは肩をすくめた。「私のほうがきいたわ。二度とも、あなたは待ちきれないように私から逃げ出したじゃないの」

ラシードは額に手を当て、こめかみを指で押さえた。それから再びシェリダンを見た。

「君のせいじゃないんだ」

シェリダンは胸に痛みを覚えた。「別れ話の決まり文句ね、ラシード。〝君のせいじゃない、悪いのは僕だ〟そのあとはきっと、〝僕たちはひと休みしたほうがいい〟とか〝僕には君にふさわしい愛を与えられない〟とか言うんでしょう」

〝愛〟という言葉が口から出たとたん、シェリダンは取り消したくなった。二人の間にそんな言葉が存在する余地はない。ラシードの表情から判断して、これから先もないだろう。

「僕たちは休んだりしない。まだ始まったばかりだ。それと、愛に関しては……」彼の顔が完全に無表情になった。「僕は誰のことも愛せない」

シェリダンはごくりと唾をのみこんだ。ラシードがそう言うのを聞いてなぜ傷つくの？　二人の間に愛が生まれるなんて本当に期待していたの？

ええ、期待していたわ。今ではなくても、いつかは。肉体的にはまぎれもなく惹《ひ》かれ合っているのに、永遠に愛してくれることはないとわかっている相手と、どうやって一生をともにできるの？　そんなことは無理よ。

でも、そう思っているのは私だけ。ラシードはそういう関係を当然だと思っている。

シェリダンはドアのほうを向いた。「私はもう行くわ。あなたは仕事があるみたいだから」

「君を傷つけるつもりはないんだ、ハビブティ」

ハビブティ――いとしい人。カディルが妻に向かってそう呼びかけたときのやさしい口調を思い出し、シェリダンの目に涙がこみあげた。

「どうして私が傷つくの？」彼女は顎を上げた。「私たちはお互いにとってなんの意味もない存在よ、ラシード。これからもその関係は変わらないわ」

11

夕食はカディルとエミリーと一緒に、ラシード専用のダイニングルームでとった。心から愛し合っているカディルとエミリーを見ているのはつらく、シェリダンにとっては拷問のような時間だった。ラシードに愛されたいと思っているからではない。彼を愛したいからでもない。ただ、妊娠がわかり、愛についてひと言も触れられないまま結婚したら、誰でもだまされたような気持ちになるはずだ。

どうしてさっきは愛なんて言葉を使ってしまったの？　なぜなら、傷ついていて、それをごまかしたかったから。うっかりよけいなことを言ってしまって動揺していた私に、夫となった男性は誰のことも愛せないと告げた。結婚生活を始めるにあたって、幸先《さいさき》がいいとは言えない。

執務室を出るとき、シェリダンはラシードがとめてくれることを半ば期待していた。だが、彼は何も言わなかった。執務室を出たところにダオウドがいて、初めてシェリダンに向かってひざまずき、頭を下げた。

「妃殿下」

シェリダンの体は震えだした。「お願い、ダオウド。立って」

ダオウドは立ちあがり、シェリダンの顔を見た。だが、すぐにまた頭を下げたので、ラシードが自分の背後に立ったのだとシェリダンは気づいた。

「お后《きさき》を部屋まで連れていってくれ、ダオウド。休む必要がある」

「承知しました、陛下」

だからシェリダンは休んだ。そのあとまた馬小屋へ子犬のようすを見に行った。子犬たちは日ごとに大きくなっている。ダオウドの話では、もうすぐ新しい飼い主のところへもらわれていくらしい。そうしたらもう会えなくなる。シェリダンは一匹を抱きあげ、柔らかい毛でおおわれた体に頬を押し当てた。それから犬を厩番《うまや》に返し、宮殿へ戻った。

そして今、夕食の席で、シェリダンは会話についていこうと努力していたが、うまくいかなかった。エミリーもアラビア語を話さないため、会話は英語で交わされている。しかし、三人の笑い声も話し声も、みじめさにひたっているシェリダンの頭の上を素通りしていった。

夕食前に、シェリダンはアニーとクリスと電話で話した。アニーは不妊治療の専門家に会えると聞いて大喜びしていた。クリスはもう少し自分を抑えていた。その機会はシェリダンが犠牲を払って得られたことをわかっているかのように。彼は妻の分まで感謝の気持ちを示してくれたが、姉こそ自分の人生にどんな大きな変化が起きているかわかってくれればいいのにと思った。

「シェリダン。シェリダン？」

何度も名前を呼ばれ、はっとして顔を上げると、三対の目がじっとこちらを見ていた。

「具合が悪いのか？」ラシードが尋ねた。

シェリダンはかぶりを振った。「いいえ、大丈夫よ。ちょっと考え事をしていただけ」水のグラスを取りあげ、ほほえんだ。「どうぞ話を続けて」

カディルがちらりと妻を見た。「僕たちはそろそろ引きあげようかと思っていたんだ。長い一日だったから」

「ええ」エミリーも言った。「とても疲れたわ。でも、すてきな一日だった」

二人が抱擁とキスでおやすみの挨拶をして出ていってしまうと、部屋は息苦しいほど静かになった。

「どんなに努力しても、私たちは気がつくといつも二人きりになっているわね」シェリダンはラシードのほうに向き直り、あえて明るい声で言った。

「それは必ずしも悪いことではない」ラシードの瞳は熱い輝きを放っていた。そこに浮かぶ確信に気づき、シェリダンの体から力が抜けはじめた。

「私はもう部屋に上がるわ」

「今夜、君は僕のベッドで寝るんだと言ったら？」

シェリダンは頭がくらくらした。期待と恐怖、そして、驚いたことに喜びのせいで。

「賢明なことには思えないわ」頭の中の声はまったく違う意見を主張していたが、そう言った。

ラシードが近づいてきて、シェリダンを引き寄せた。不本意ながらもシェリダンは腕の中に包みこまれた。彼の胸に手を当てると、その熱気が体の奥深くまで伝わってきた。

「僕は実に賢明なことだと思う」ラシードが言った。

「これ以上賢明なことはないくらいだ」

彼の顔が近づいてきて、シェリダンはゆっくりと目を閉じた。だがすぐに、これからどうなるかを思い描いた。甘美な彼のキス、情熱的な私の反応。私たちは狂おしく服を脱がせ合い、激しく体を重ねる。私の防御の壁は崩れ去り、心があらわになる。

そして最後に氷のように冷たい仕打ちがやってくる。そんなことは受け入れられない。

「話がしたいの」シェリダンは出し抜けに言った。

ラシードは重ねていた唇を離し、ささやいた。

「僕を苦しめるんだな、シェリダン」

シェリダンは彼のシャツを握り締めた。「こんなことばかりしているわけにはいかないわ、ラシード。ときどきは話をしないと」

ラシードは顔を上げ、まるで菓子を取りあげられた子供のように落胆の表情を浮かべた。「セックスのあとで話をすればいい。なぜそれではいけないのか、僕にはわからないな」

「なぜなら、あとではあなたは話をしないからよ。あなたは逃げ出すか、私を自分の部屋に帰らせる。言葉なんてひと言も口にしないわ」

ラシードは真剣な顔でシェリダンを見つめてから、隣に続く居間へ連れていった。シェリダンがソファに腰を下ろすと、彼は反対の端に座った。

「何を話したいんだ？」

シェリダンはラシードを見て、唇を噛《か》み締めた。何を話したいか？　なんでも。あらゆることを。でも、自分が望んでいる答えを引き出せるような質問がすぐに思い浮かばない。

シェリダンは飛びこみ台から膝をかかえて飛びこむように、思いきって尋ねた。「なぜあなたは誰のことも愛せないの？」

ラシードが目を大きく見開き、それから唇を引き結んだ。答えることを拒むのだろうと思ったが、そうではなかった。

「なぜなら、誰かを愛するのはつらいからだ。もしその人が亡くなったら、残された者は一人で生きていくすべを見つけなくてはならない。誰も愛さないでいるほうが簡単だ」

「でも、愛さないことを選ぶのと、愛することができないのは違うわ。そうでしょう？」

ラシードは片手で顔をこすり、シェリダンから目をそらした。「そうかもしれない。だが、僕はいつも自分にとっていちばん役に立つことを選んできた」

「だけど、あなたはきっとこの子を愛するわ」シェリダンはラシードのことを理解したかった。妻を亡くしたことが彼を大きく変えてしまったのだろうが、彼はきっと私たちの子供を愛してくれる。せめて子供だけは愛してもらえることを知っておきたい。

「シェリダン」そう言ったきり、ラシードは長いこと黙っていた。それから目を閉じ、唾をのみこんだ。

「僕の妻は妊娠していたんだ。彼女は珍しい先天性の欠陥があって、それが原因で大量出血が起きた」

ラシードの顔は明らかに青ざめていて、シェリダンは話をやめさせたかった。彼の頭を自分の胸に押しつけ、ただ抱き締めていたかった。しかし、彼が愛する妻と子供の死について語っているときに、そんなことができるはずもなかった。

「医師にも打つ手がなかった。そして、そのときまで順調に育っていた赤ん坊は死産だった」

「ああ、ラシード」シェリダンの目に涙があふれた。それ以上何も言えなかった。私がアニーのために子供を産むことを彼が怒ったのも、今なら納得がいく。あの夜、彼は私が命を危険にさらしているのだと言った。どういうことかと尋ねると、彼はなんでもないと答えた。なんでもないはずがないのはわかっていた。でも、こんな悲劇があったとは思ってもみなかった。

「ああ、僕はこの子を愛するだろう。だが、そうするのが怖いんだ。君にももう理由がわかるだろう」

シェリダンは膝の上できつく手を握り締めた。

「ええ、わかるわ」

「カディルはこの話を知らない。誰も知らない。そのとき僕はロシアにいて、自分の住む小さな世界の外とはほとんど連絡を取っていなかった」

ラシードが弟にさえ打ち明けなかった苦しみを自分と分かち合ってくれたと思うと、シェリダンは感謝の気持ちに満たされた。「カディルに話したほうがいいわ。彼なら賢明なアドバイスをしてくれるでしょう。私にはできそうにないけれど」

「賢明なアドバイスなどないんだ、シェリダン。苦しみに耐え、ただ毎日を乗りきっていくしかない。悲しみを忘れることはないが、どうやって生き延びていくかを学ぶんだ」

シェリダンはそれ以上座っていられなかった。立ちあがってラシードのところへ行き、両手で彼の手を握った。彼もその手を握り返し、二人は長いこと見つめ合っていた。

「立ち入った質問をしてごめんなさい。つらい思い出を話させるつもりはなかったの」

ラシードは彼女の手を口元へ持っていき、指の関節にキスをした。「君はとてもやさしいんだな。つまり、僕にひどい言葉を投げつけていないときは」

シェリダンはほほえんだ。「私がそうしなかったら、誰がするの？　あなたはひざまずいて頭を下げる人たちに囲まれている。だから自分が完璧ではないと思い出させてくれる人が必要なのよ」

「ああ、僕はけっして完璧じゃない。それを思い出させてくれるという点では、君はダリアにそっくりだ」

「そんなことを言ってくれるなんて、あなたこそやさしいわ」

「だが、ごほうび目当てかもしれない」

「ごほうび？」シェリダンのこめかみが脈打った。

ラシードの目が熱い光を放った。「人生は生きている者のためにある。僕は君が欲しいんだ、シェリダン。今すぐに。君をベッドへ連れていき、力尽きるまで抱いていたい。君の体が喜びにくずおれ、想像を絶する満足を味わうまで」

シェリダンは息がつまった。「すてきね、陛下。でも、それがいい考えなのかどうか、私にはわからないわ」

なぜなら、ラシードは私の心をかき乱し、体をとろかせ、目を潤ませるから。もちろん私は彼に欲望を感じているけれど、それ以上の感情も抱いている。だから怖い。また彼に抱かれたら、いっそう魅了されずにいられないだろう。彼は一国の傲慢な王というだけではない。

けっして幸せとは言えない人生を生きてきて、痛みと喪失感と途方もない悲しみを身をもって経験している。そして、孤独だ。彼はまず他人の――自分の国や国民の面倒を見る。そのあと残ったものを自分に与える。でも、残ったものはそう多くはない。

物質的には豊かだけれど、精神的な充足感という意味では痛ましいくらいに貧しい。

「まずは最初の一歩を踏み出してみないと」ラシードが静かに言った。

ああ、彼を受け入れたい、孤独でいる必要はないのだとわからせてあげたい。でも……。

「あとであなたに締め出されるとわかっているのに、一緒にベッドへ行くことはできないわ」

「君を締め出したくはないんだ」

「でも、あなたは締め出すわ。二度ともそうだった」

「わかっている」そう言いつつも、ラシードはシェリダンの手を引いて彼女を膝の上に座らせると、もう一方の手を髪に差し入れ、唇を寄せた。

シェリダンはとめなかった。目を閉じ、二人の唇が重なったとたん吐息をもらした。ラシードのキスはこのうえなくやさしかったが、彼女の中には熱い興奮がわき起こった。

「夜中にベッドを出て、自分の部屋に戻るのはいやよ」キスの合間に、シェリダンは言った。

「わかっている」ラシードのキスが深く激しくなり、二人の間に情熱が燃えあがった。彼はシェリダンをそっとソファに横たえた。

そのまま服を脱がされるのかと思ったが、ラシードはシェリダンを抱きあげてテラスへ出ていった。美しい夜で、それほど寒くはなく、砂丘の上に星がまたたいていた。彼はシェリダンを手すりまで連れていって下ろし、暗い砂漠を見渡した。

「僕は長い間、キルを離れていた」背後からシェリダンに腕をまわして言った。「王になるという望みは若いころに捨て、世界を放浪した。やがて自分で事業をおこし、それが大きな石油会社へと成長した。僕がこういう男になったのは、キルで送った子供時代のせいだ。そのころ、僕は心に誓った。自分の子供は誰一人、父親に愛されていないとか、父親に認められていないと思うことがないようにしようと」

ラシードは彼女を自分のほうに向かせた。「この子は十分な愛をそそがれる。それは確かだ」

シェリダンは涙にかすむ目でラシードを見あげた。喉につまった塊をのみ下し、片手を彼の頬に当てる。

「あなたはとてもいい人よ、ラシード。だからきっといい父親になるわ」

ラシードは顔を傾け、彼女のてのひらに唇を押しつけた。「君には何一つ不自由させないよ、いとし《ハビブ》い人《ティ》。君が自らこういう人生を選んだわけではないのはわかっている。だが、君も僕と同じようにキルを愛するようになると信じている」

「私もそう願っているわ」

ふいにラシードがキスをした。今度は途中でやめなかった。シェリダンが体をもたせかけると、ラシードは彼女を抱きあげて寝室へ運んだ。そしてゆっくりと服を脱がせ、体の隅々まで唇を這《は》わせた。シェリダンは身を震わせ、懇願した。

ラシードはまず唇でシェリダンを満たした。そして彼女が十分に満足すると、体を重ねた。彼女はラシードに駆りたてられるまま情熱の限界を超え、深みに飛びこんだ。その喜びはたとえようもなく強烈で、彼女は何度もラシードの名前を叫んだ。

シェリダンがぐったりして動けなくなると、ラシードは欲望を解き放った。そのあと体を離して隣に横たわった。シェリダンは熱い肌に冷気が触れるのを感じながら、考えをめぐらした。ラシードはベッドを出て、床に落とした私の服を渡すつもりかしら？　彼がまたもや自分の殻に閉じこもったら、なんて言えばいいの？

悩んでいる間に長い時間が過ぎた。シェリダンは自分から出ていこうと思った。彼に拒絶されても平気なところを見せよう。

起きあがり、ベッドから脚を下ろした。暗闇の中で服を手さぐりしていると、涙がこみあげてきた。ラシードは何も言わない。私が去ってもかまわないのだろう。さっきはあんなことを言ったけれど、やはり私のことは気にもしていないのだ。

だがそのとき、ラシードが体を起こし、シェリダンの背中からヒップへ手をすべらせた。彼女は動きをとめた。いつものように肌に炎が燃え広がっていく。ああ、こんなやり方はずるいわ。

「行かないでくれ」ラシードは言い、シェリダンを腕の中に引き戻した。そして彼女は再び我を忘れた。

12

予想どおりだったと、ラシードは思った。シェリダンは本当に人を喜ばせるのが好きなタイプだ。僕とはまったく違って、性格は陽気で明るい。僕は気むずかしいが、彼女は気さくだ。僕が氷だとしたら、彼女は太陽の光だろう。彼女は人を幸せにする。誰にでも心から興味があるように話しかける。通訳は必要だが、アラビア語も少しずつ覚えはじめている。彼女が覚えた言葉を口に出すと、それがどんなにめちゃくちゃであっても、枢密院のメンバーたちさえ寛大にほほえむ。

とはいえ、いつまでもこんなことが続くなどという勘違いはしていない。枢密院はいずれ二番目の妻を迎えることを要求するだろう。もっとも、急ぐつもりはないが。

そもそも、別の女性のために使う時間がどこにある？　シェリダンの相手をするだけで十分忙しい。彼女が時間を割いてくれと要求するわけではないが、気がつくとそうしている。昼間、さがしに行くと、彼女は秘書と一緒にいたり、厨房《ちゅうぼう》にいたりする。馬小屋で子犬たちと遊んでいることもある。

ムスタファがデスクのわきに置いていったバスケットを見おろし、ラシードは一瞬考えこんだ。僕も寛大になっているのだろうか？

ノックの音がして、シェリダンが颯爽《さっそう》と入ってきた。今日は赤いシャツとクリーム色のスラックスというでたちで、ブロンドの髪が肩の上で揺れている。さわやかで美しく、生き生きとしている。

「私に会いたかった？」

ラシードは立ちあがり、シェリダンに近づいていった。「会いたかったよ」身をかがめ、彼女の頬にキスをしたあと、まだ昼間で、数分後には約束があるんだぞと自分に言い聞かせた。だが、すでに体は熱くこわばっている。

ラシードの内心の葛藤に気づいているかのように、シェリダンは彼に腕をまわし、体を押しつけた。

「あなたっていい香りね、ラシード」

「誘惑しないでくれ」ラシードが厳しい声を装って言うと、シェリダンは声をあげて笑い、彼の腕から抜け出そうとした。だが、ラシードは彼女を引き戻し、しっかりと唇を合わせた。やがてシェリダンは彼にもたれかかり、舌をからませてきた。

ラシードがシェリダンをデスクに横たえようとしたとき、どこからか声が聞こえた。くんくんという鳴き声が。シェリダンは彼を押しやり、目を大きく見開いた。

「なんの声？」

「何がだい？」

「ほら……この声よ。子犬みたいな……」シェリダンはそこで息をのみ、目を輝かせた。ラシードがバスケットを持ちあげて蓋を開けると、淡い金色の子犬が目をぱちくりさせ、あくびをした。

シェリダンに気づいた子犬は激しく尻尾を振った。彼女は歓声をあげて子犬を抱きあげた。

「まあ、子犬ちゃん、悪い王さまの部屋で何をしているの？　隠れているの？」

シェリダンがうれしそうにラシードを見あげた。その顔を見て心に温かい感情がこみあげるのがなぜいけないことなのか、ラシードはもうわからなかった。なぜそれが途方もなく危険なことなのか。

「子犬たちはだいぶ大きくなったから、そろそろ将来の飼い主のところへもらわれていくんだ。君も一匹欲しいんじゃないかと思ってね。君のお気に入りはこの犬だとダオウドが言っていた」

「ああ、ラシード」シェリダンは犬の毛に顔をうずめた。「ええ、この子は本当にかわいいの」

ラシードはしだいに居心地が悪くなってきた。僕はいったい何をしているんだ？　なぜダオウドに命じて彼女の部屋へ子犬を持っていかせなかった？　もっとも彼女は、最近ではめったに自分の部屋にいないが。

そう、この二週間、シェリダンは毎晩僕の部屋にいる。彼女がそばにいるのは楽しい。最初の晩、自分の部屋のテラスにいるシェリダンを見つけて、ベッドをともにしたのだった。そのあと僕はまるで火傷《やけど》でもしたようにベッドを飛び出し、シェリダンを部屋に帰した。二度目に彼女を抱いたときも同じことをして、誤解を与えてしまった。僕が彼女に触れられたくないと思っていると。

まったくの見当違いだ。僕はシェリダンに触れられるのが大好きなのだから。彼女の指のやさしい動きも、甘い舌も、いたずらな唇も。そして今も、体は彼女に触れてほしいと渇望している。

シェリダンがかわいらしい顔を喜びに輝かせ、ラシードにほほえみかけた。すると、しっかりと氷におおわれているはずの心が揺らいだ。ラシードは奥深くまでさぐって氷を見つけ出し、再び心をおおった。

ほほえむことはできる。やさしくすることも、彼女を抱くことも。だが、心に触れさせるわけにはいかない。心は最後の戦場だ。何があっても突破されるわけにはいかない。

ラシードは手を伸ばし、子犬の頭を撫《な》でた。「赤ん坊が犬と一緒に育つのはいいことだろう」

シェリダンの笑みは消えなかった。「私にとってもいいことよ。ありがとう」

彼女は背伸びをしてラシードにキスしてから、ソファの置かれたスペースへ行き、子犬を床に下ろした。子犬はうれしそうに駆けまわった。

「旅行の準備は大丈夫かい？」ラシードは尋ねた。これからシェリダンを連れて一週間ほど砂漠へ出かけることになっている。王の職務を果たすため、広大なキルの砂漠を移動する遊牧民に会わなければならない。シェリダンを置いて出かけることもできるが、彼女に砂漠を見せたかった。その美しさ、雄大さ、砂と太陽の圧倒的な力を。彼女のおなかにいる自分の子供にもそれを感じてほしかった。

「大丈夫だと思うわ。秘書のライラがいろいろなことを教えてくれているから」

「彼女の仕事ぶりはどうだい？」

ラシードはシェリダンの秘書に、ヨーロッパの大学で教育を受けた若い女性を選んでいた。

「ライラのことは好きよ。彼女が気遣ってくれるから、どうしたらいいかわからなくて自分がばかみたいに思えることもないわ」

国家行事である結婚式に備え、シェリダンはライラからキルの慣習や歴史を教わっている。

「それはよかった」

そこでシェリダンがかすかに顔をしかめた。「アニーとクリスに結婚式に来られるかきいてみたんだけど、アニーは来たくないみたい」

「かわいそうに、シェリダン」ラシードはどうしてもアニーを好きになれなかった。彼女は自分の行動がどれだけシェリダンを傷つけるか、まったく気にしていないようだ。内気なアニーが未知の環境に飛びこむのを恐れる気持ちはわかるが、そのせいでシェリダンをがっかりさせるのは腹立たしい。

「たぶん無理だろうとは思っていたの。華やかな雰囲気、各国の高官、見知らぬ土地の猛烈な暑さと緊張……姉にはとても耐えられないわ」

ラシードはあえて指摘しなかったが、アニーが不妊治療を受けることになっているスイスも見知らぬ土地のはずだ。しかし、それは気にならないらしい。

「じゃあ、二人には別のときに来てもらおう」

それを聞き、シェリダンは笑い声をあげた。「姉夫婦をさらってくるつもりはないと言って、ラシード。アメリカから何度も人をさらってきたら、最後には国際的な事件になって、逮捕されてしまうわ」

ラシードはソファに来て、彼女の隣に座った。

「二人をさらってきたりしないよ」

「それを聞いて安心したわ」

ラシードは自分を抑えることができず、シェリダンを引き寄せて膝に座らせた。「だが、君をさらってきたことは後悔していない」彼女のブロンドの髪を耳のうしろへ押しやり、情熱のせいで暗く陰りはじめた瞳を見つめながら、硬く張りつめた胸の蕾《つぼみ》に親指で触れた。

シェリダンがじらすように言った。「予定があるんでしょう?」

「僕は王だ。予定を変更したければ、そうできる」

ラシードは電話に手を伸ばし、番号を押した。ムスタファの声が聞こえた。「これから二時間の予定をすべて組み直してくれ」彼が電話をわきに放ると、シェリダンは笑った。

「なんて横暴な人かしら。それに、ずいぶん自信があるのね。私に約束があったらどうするの？」

ラシードは彼女の顔を引き寄せた。「これより重要なことは何もないはずだ」

シェリダンの唇がやさしく唇に触れると、ラシードの脚の間はこわばった。

「そうね」彼女が言った。「何もないわ」

翌朝、シェリダンを病院まで送る車が玄関先で待っていた。彼女はダオウドにつき添われて階段を下り、玄関を出たが、彼の手を借りて車に乗りこむ前にラシードが足早に外へ出てきた。

「あなたは会議があるんだと思ったわ」シェリダンは言った。

ラシードがにやりとした。「そのあたりの事情は説明しただろう？　僕は王だ。予定は変更できる」

シェリダンが座席に落ち着くと、ラシードが隣に乗りこんだ。ドアが閉められ、車は走りだした。

「最初の診察に立ち会う必要はないのに」

ラシードはシェリダンの手を握った。「僕につらい思いをさせないようにしてくれているんだろうが、君のそばにいるべきだという気がするんだ」

ハンサムな顔を見あげ、シェリダンは胸が締めつけられた。この二週間、毎晩ラシードのベッドで過ごしているのに、彼に触れられるたび、いまだに電流のようなものが全身を走る。彼が私の体を崇《あが》めるように抱いてくれると、興奮と欲求、とろけるような感覚、切望が私のすべてを満たす。

さらに、ラシードは私に犬を与えてくれた。子犬にはレオという名前をつけた。毛の色がライオンと同じ黄金色で、キルの獅子《しし》と呼ばれる夫がくれた犬だからだ。つながれた二人の手を見おろすと、ほろ苦い幸福感が胸にあふれた。

私はこの男性を深く愛している。ラシードにも大切に思われていると感じることもある。でも、彼はいまだにときどき真夜中にテラスに立ち、手すりにもたれて物思いにふけっている。そんなときはそっと見守り、待つことにしている。彼が体を交わしたあと私を置き去りにすることはもうないけれど、ベッドから離れることはある。

それがつらい。ラシードがまだ私から逃げなくてはならないと感じていることが。彼の味わった喪失感を完全に理解することはできないけれど、人は過去にとらわれて生きていくべきではないはずだ。それはラシードにとっていいことではない。私たちの子供にとっても。

そして、私にとっても。でも、そんな考えは身勝手だろう。彼の亡き妻の代わりになれないことはわかっている。彼が心から愛していた女性の代わりになれないことは。

シェリダンはラシードの手をぎゅっと握り、今日一緒に来たことを彼が後悔しないようにと祈った。

二人はまもなく王立病院に到着し、清潔そのものの診察室に通された。そこではすでに女性医師と看護師がシェリダンの到着を待っていた。

シェリダンは検査服に着替えるように指示され、そのあと診察台へ案内された。そこに横たわると、医師が超音波のスキャナーで胎児の心拍をさがした。ラシードはシェリダンのわきに立って彼女の手を握り、スクリーンをじっと見つめている。やがて医師が豆粒のように小さい赤ん坊を見つけ出した。

スピーカーから赤ん坊の鼓動が聞こえてくると、シェリダンはすすり泣きを抑えられなくなった。医師が超音波写真を撮る間、震えながら唇を噛《か》み締めていた。ラシードの手に力がこもり、見あげるとその顔は蒼白《そうはく》になっていた。

彼は過去の同じような場面を追体験しているのだろう。大丈夫だと言ってあげたい。これから先も大丈夫だと。でも本当は、誰にもそんな保証はできないのだ。

医師がアラビア語で何か言い、ラシードの手にさらに力がこもった。超音波のスキャナーの動きがとまり、医師が画面にじっと目を凝らした。

「双子です」しばらくして、医師が言った。それからシェリダンのほうに向き直った。「あなたは双子を身ごもっておられます、妃殿下」

ラシードは板のように体をこわばらせ、呆然《ぼうぜん》とスクリーンを見つめた。「双子？　確かなのか？」

医師はほほえんだ。「はい、陛下。心音が二つ聞こえます」そして再びスピーカーのスイッチを入れた。シェリダンの耳にも、一つ目の拍動の背後で打っているもう一つの拍動が聞こえた。

「とても速いわ」シェリダンは心配そうに言った。

「完全に正常ですよ」医師が答えた。

検査を終えると、医師からビタミン剤や運動、出産準備教室などについて説明を受けた。シェリダンにはすべてが夢の中のことのように思えた。医師の話がすむと、次の診察日が決められ、それからシェリダンとラシードは再び車に乗って宮殿へ向かった。

二人の間には気まずい沈黙が漂っていた。シェリダンは言うべき言葉をさがしていたが、あきらめた。自分の子供たちの心音を聞いたあとで、妻を無視し、窓の外を見ている男性に何を言えるというの？

どうしたのかと尋ねることもできない。理由はわかっているから。ラシードは無事に妊娠期間を終えられなかった亡き妻と子供のことを考えているに違いない。自分が愛し、失った人たちのことを。

「大丈夫？」沈黙が耐えがたいほど長引き、シェリダンはとうとう尋ねた。

彼女に向けられたラシードの目はうつろだった。

「ああ」

「やはり来るべきではなかったわね。つらい思いをしたのでしょう」

「診察に立ち会ったことはあるんだ。一緒に行ったらどういう検査があるかはわかっていた」

「でも、赤ちゃんたちの心音を聞いてから、あなたはずっと黙っているじゃないの」

ラシードの顎がこわばった。「ショックだったんだ。双子だなんて想像もしていなかった。君だってそうだろう」

「確かに双子だとは思っていなかったけれど」

ラシードはさぐるようにシェリダンの体を見た。

「君は本当にやせていて華奢《きやしや》だ。家族の女性はみんなそうなのか？」

シェリダンはため息をついた。「大丈夫よ、ラシード。あなたの奥さんに起きたことはめったにあることじゃないわ。とてもまれなケースよ」

ラシードはよそよそしく、冷たく見えた。「わかっている」

ちょうど車が宮殿に着き、ドアが開けられた。ラシードはシェリダンが車を降りるのに手を貸してから、先に立って宮殿へ入っていった。廊下を歩きながら、シェリダンは心臓が激しく打つのを感じた。時計の針を巻き戻して病院へ出かける前に戻りたいけれど、そんなことはできない。隣を歩く他人行儀な男性のことはしばらくそっとしておいて、また打ちとけてくれるのを待つしかないだろう。

シェリダンの部屋の前まで来ると、ラシードは足をとめた。とにかくこの場から逃げ出したいと思っているのは明らかだった。「医師は休むようにと言っていた」

「ええ、でも、まだお昼にもなっていないし、私はほんの数時間前に起きたばかりよ」

「それでも休むんだ。気をつけないと、君は双子に体力を奪われてしまう」

「赤ちゃんたちはまだ豆粒ほどの大きさよ。少しくらい動いても問題ないわ。砂漠へ出かける前にしておきたいことがあるの。午前中のうちに、キルの慣習についてライラからもう少し教わる予定なのよ。旅行中、あなたに恥をかかせないように、できるだけたくさんのことを学んでおかないと」

ラシードが黙りこむと、シェリダンの中に不安がわき起こった。彼が口を開く前から何を言われるか察しがついた。「君は砂漠へ行くべきではない。長い距離を移動するし、砂漠は猛烈な暑さだ。きっと具合が悪くなってしまう。ここにいて、結婚式の準備を進めておいてくれ。するべきことはまだたくさんあるはずだ」

シェリダンはラシードの腕に手をかけた。とたんに彼が体をこわばらせるのがわかり、その拒絶に傷ついて手を下ろした。それからいらだちがこみあげてきて、黙っていられなくなった。

「なぜそんなことを言うの？　今朝、病院へ行く前から私は妊娠していたのよ。状況は何一つ変わっていないのに、どうして急に暑すぎるから砂漠へ行ってはいけないなんて言いだすの？」

ラシードはごくりと唾をのみこんだ。「砂漠はもともと君には暑すぎる。今までよく考えていなかっただけだ」

ラシードがこんな反応を示すことはわかっていた。一緒に病院へ行くと言いだしたときからこうなることを心配していたのだ。あまりにも悲劇的な経験をしたせいで、彼は双子に起こりうるさまざまな問題について考え、不安を抑えこんでおけなくなっているのだろう。

「病院で赤ちゃんたちの画像を見て、心音を聞いて、砂漠は暑すぎると思うようになったの？　ほかには？　今ではセックスも危険すぎると思っているのかしら？　夜は暗すぎて、昼間は明るすぎて、寝室と厨房の間には階段が多すぎる？　レオはあんなに元気だから、私が世話をするのは危ないかしら？　私はこれから数カ月間、ベッドの中で過ごさなくてはならないの？」

ヒステリーを起こしかけているのはわかっていたが、シェリダンは怒りを抑えられなかった。この数週間、ラシードと一緒にすばらしい人生を始められたように思えた。それなのに、彼はこっそり逃げ出そうとしている。かつて自分の身に起きた悲劇にまぎれこもうとしている。

私のもとを去ろうとしている。

誰かを気にかけることを、傷つくことを恐れているせいで。ラシードを思い、シェリダンの心は耐えがたいほど痛んだ。彼の頬をたたき、彼をしっかりと抱き締め、もう一度感情を取り戻しなさいと言いたかった。私たち家族のために。なぜならラシードはもう一度愛を知る資格があるのだから。

だが、ラシードは自分で築いた壁の陰に引きこもっている。よそよそしく冷淡な彼を見て、シェリダンは叫びたくなった。

「メロドラマじみたことを言うのはやめろ、シェリダン」ラシードがいきなり言った。「僕は君の健康と赤ん坊たちのことを考えているんだ。それのどこが悪い？　僕に気にかけてもらっていることを、ありがたく思うべきだ」

その一撃に、シェリダンはめまいを覚えた。平手打ちされたも同然のその言葉に、自分の立場を思い知らされ、恐ろしいほどの衝撃を受けた。亡くなった妻の代わりになれないのはわかっていたけれど、彼にとって自分が何か意味のある存在であるように願っていた。いや、そうであると信じはじめていた。

でも、こんな当てこすりを言われ、こんな傲慢な態度をとられたのだ。どれほどラシードに同情していたとしても、もう我慢できない。

「わかったわ」内心怒りに震えながら、シェリダンは言った。「教えてくれてありがとう。あなたに気遣ってもらって、私は本当に幸せよ」

わずかに感情をうかがわせるように、ラシードの小鼻がふくらんだ。シェリダンは彼が壁を打ち壊してくれることを願った。すまなかった、そんなつもりではなかったと言ってくれるのを。

ラシードはそうしかけた。

「シェリダン、僕は……」しかし、そこで言葉を切り、顎をこわばらせてかぶりを振った。それから再び冷たくうつろな目でシェリダンを見た。「さあ、休むんだ。一週間後、戻ってきたときに会おう」

13

ラシードが出かけて三日後、その噂《うわさ》がシェリダンにも伝わった。シェリダンはファティマを見つめ、何度もまばたきをした。今言ったことをもう一度繰り返してほしいと頼みながら、胃が締めつけられるのを感じた。

ファティマはシェリダンの声に混じる不安の響きには気づいていないようだった。「陛下は砂漠の遊牧民の中から二番目の妻をお選びになるそうです」

「二番目の妻」シェリダンはつぶやいた。もう一カ月以上キルにいるのに、なぜラシードが別の妻を持てることを考えなかったのだろう？

「キル人の妻です」

「なるほどね」そう応じたものの、シェリダンは納得してはいなかった。ファティマはふだんと変わらないようすで仕事を始めたから、このことが問題だとは思っていないのだろう。二番目の妻。キル人の妻。

どうしてこういうときがくると気づかなかったの？　なぜラシードはそのことを話してくれなかったの？

病院から戻ったあと、シェリダンはラシードが急によそよそしくなったことに憤りを覚え、傷ついていた。だが、彼を追いつめてもなんの役にも立たないとわかっていた。彼が自分なりのやり方でこの状況を受け入れるまで、そっと見守るしかないと。聡明《そうめい》な彼のことだ、人生から逃げつづけることはできないといずれ悟るだろう。ベッドに私がいないのを寂しく思い、以前のような関係に戻ることを望むだろう。私たちは夫婦としてともに成長していける。

シェリダンはそう信じていた。

私たちは愛のために結婚したのではないけれど、だからといって愛を育めないわけではない。

でも、それが私の思い違いだったら？　二週間、ラシードは毎晩私をベッドへ連れていき、抱いてくれた。私が犬を飼ったことがないと知って、子犬を与えてくれた。でも、それ以外に何か私への気持ちが深まっていることを示す出来事があっただろうか？

彼は一緒に病院へ行ってくれたけれど、そのあとはかつてないくらいよそよそしくなってしまった。

そして今、私を置いて砂漠へ出かけている。二番目の妻をさがすために？　たぶんそうではないだろう。彼は土壇場まで私を連れていくつもりでいたのだから。でも本当は、私を連れて二番目の妻をさがすつもりだったのだろうか？

ラシードが別の妻を迎えたらどういうことになる

か考え、シェリダンはぞっとした。彼は別の女性をベッドへ連れていく。私は彼と過ごせる番がまわってくるのを待たなくてはならない。おなかが大きくなってきたら、私は避けられ、彼は別の女性と長い時間を過ごすようになるだろう。

頭の中にはさまざまな思いが渦巻いていたが、シェリダンは結婚式の計画を立てるライラを手伝った。しかしその間も、ラシードと二番目の妻のためにこんなふうに結婚式の計画を立てることになるのだろうかと考えずにいられなかった。それはできない。ぜったいに。体が震えだし、ほてってきて、シェリダンはしかたなく部屋に戻って横になった。

だが、まったく休めなかった。ベッドの中で、自分の人生がどんなに変わってしまったかを思い返した。ラシードがどんなふうに強引に自分をサヴァナからここへ連れてきたかを。そのあと熱いキスと愛《あい》撫《ぶ》でどんなふうに自分を口説いたかを。そして結局、私はすっかり彼のとりこになってしまった。

でも今は、残酷なくらい自分に正直になる必要がある。私がラシードを思うほど、彼は私のことを思っていない。私は必死に耐え、彼をそっとしておいた。それなのに、彼が別の女性を連れて帰ってきたら？　シェリダンは頬を伝う涙を乱暴にぬぐった。

いやよ。ぜったいにいや。

シェリダンは立ちあがり、顔を洗いに行った。キルの衣装に着替え、髪をヒジャブでおおった。ラシードが別の女性を腕に抱いて帰ってくるのを、ここでおとなしく待っているつもりはなかった。

私は長い間、いい子だった。アニーの幸せのために、ずっと自分の望みをあきらめてきた。

アニーを幸せにするために努力してきた私がラシードと一緒にいるのは、最高の皮肉だ。大切な人たちに対して、私はいつもその支えとなり、よき理解者となろうとした。みんなが幸せを手に入れることを願って。アニーには赤ん坊を与えようとしたし、ラシードのことは黙って見守ろうと努めた。

でも、どれもうまくいかなかった。そろそろそれを認めるべきときだ。そして、自分のために立ちあがるべきときだ。他人のことを優先するのはもう終わりにしよう。

今こそ、ラシードに選択を迫るときだ。

ラシードは砂漠の遊牧民との会合に立て続けに出席し、彼らの心配事に耳を傾け、最大限の援助を行えるように計画を立てた。遊牧民たちの生活はラシードが子供のころと大きく変わった。今や彼らは発電機やテレビ、携帯電話、衛星放送の受信アンテナまで持っている。だが、それによってさまざまな問題も起きていて、ラシードはその対応を約束した。

それに加え、族長たちの娘の問題も処理しなければならなかった。どこへ行っても娘たちを紹介され、きっとよい第二、第三の妻になるとほのめかされた。すでにキルの全国民はラシードがシェリダンと結婚することを知っている。王家に双子が生まれることもそのうち発表するが、それはシェリダンが無事に安定期に入ってからの話だ。

そこまで考え、ラシードは歯ぎしりした。妊娠中の〝無事〟という言葉ほど皮肉なものがあるだろうか？　悪いことはいくらでも起こりうる。母親のおなかの中では元気だった赤ん坊が死産になるかもしれない。母親が大量出血で命を落とすかもしれない。

そう思うと、冷や汗が噴き出した。

シェリダンを愛しているからではない。彼女のことが好きだからだ。シェリダンは率直で、寛大で、思いやりがある。僕が病院でどんな反応を示すか心配していた。そして、その心配は的中した。シェリダンが双子を身ごもっていると知り、僕は冷静でいられなかったのだから。

ひどく冷たい態度をとってシェリダンを傷つけてしまったが、僕は逃げなくてはならなかった。パニックに陥りかけていて、あのままでは自分でもどうなってしまうかわからなかった。だから逃げようと決め、彼女を宮殿に残して砂漠へ出発した。

だが今、シェリダンがいないのが寂しい。彼女の甘い香りが、官能的な体が、柔らかい手と辛辣な物言いが恋しくてたまらない。

夕方、ラシードは自分のために設営されたテントに戻った。豪華なテントで、美しい絨毯《じゆうたん》が敷かれているばかりでなく、都市にある現代的な設備がほとんど備わっている。近くで低い音をたてている発電機のおかげだ。

ラシードはカフィーヤを取り、ディシュダーシャを脱いで、軽い生地のズボンだけになった。そろそろシェリダンに電話をかけて、ようすを確かめたほうがいいだろう。

携帯電話を手に取ったとき、ちょうど着信音が鳴った。出てみると、ひどく息を切らしたムスタファだった。

「陛下」聞き慣れたその声に、ラシードは激しい動揺の響きを聞き取った。

氷のように冷たい血が血管をめぐり、嵐の前の、あの覚えのある静けさが彼を包みこんだ。「どうしたんだ、ムスタファ？」

「妃殿下が」そのひと言を聞き、ラシードの胃がよじれた。「いなくなりました」

ラシードはなんとか平静を装った。「いなくなったとはどういう意味だ？　宮殿を出て買い物にでも行ったのか？　逃げ出すために空港へ向かったのか？　それとも、馬小屋に隠れているのか？」

「妃殿下は馬で出かけました、陛下」

ラシードはまばたきをした。「馬？　ダオウドはどこにいるんだ？」

「彼も出かけました。妃殿下が馬に乗っていかれたとわかって、あとを追っています」

シェリダンとダオウドが馬に乗っている。キルの砂漠で。だが、なんのために？　なぜシェリダンはそんなことをした？　僕の関心を引くためか？　僕を自分のもとに連れ戻すためか？　押しとどめていた不安が防御の壁を突き破り、渦巻く砂嵐のように押し寄せてきた。何もかもあらわになり、純粋な恐怖が心を満たした。

それに、激しい怒りが。

シェリダンは馬に乗って出かけた。妊娠しているのに、馬の背にまたがり、砂漠へ飛び出した。なぜ？　どうして？

それからふと気づいた。もしシェリダンが自分の身を傷つけたいのだとしたら？　砂漠は危険なのに、わざわざ一人で出かけたのだ。僕が彼女をそこまで追いつめてしまったのだろうか？　彼女は僕の気を引こうとしているのか？　それとも、自分の人生を終わらせようとしているのだろうか？

血管を流れる血がさらに冷たくなった。だが、その理由はさっきとは違う。自分の人生からシェリダンがいなくなることが、ラシードは想像できなかった。目が覚めたときに彼女がいないことも、彼女の笑みを見られないことも、彼女に触れられないことも。

彼女はダリアではない、彼女は……シェリダンだ。そして、シェリダンは僕にとって意味のある存在だ。とても大きな意味のある存在だ。

自分がシェリダンを心にかけ、大切に思っていることに気づいて、ラシードは動揺した。いくらシェリダンから逃げても、彼女への気持ちから逃れることはできなかったと気づいて。スイッチを切り替えるように感情もコントロールできると信じてきたが、そんなことはなかったのだと気づいて。ふいにムスタファの声が聞こえ、ラシードの体を凍りつかせた。ムスタファは間近に迫った夜と捜索隊について話していた。さらに、雷雨について。

雷雨。砂漠の砂嵐は厄介だが、本当に危険なのは雨だ。雨が降ることはめったにないものの、いったん降れば、ふだん水のない川の氾濫《ワジ》を引き起こす。そして砂は泥となる。泥は行く手にあるものすべてをのみこみ、根絶やしにする。

雨こそ砂漠の真の敵だ。馬に乗った女性が一人で見知らぬ場所にいたら、たとえ寒さと砂にさらされる夜に耐え、ジャッカルや蠍《さそり》やライオンの恐怖に打ち勝てたとしても、雷雨には太刀打ちできない。

ラシードは急いで着替えてテントを出ると、歩きながら指示を出した。誰かが馬の用意を始め、同時に、夕食の準備をしていたベドウィンの男たちがテントから出てきた。ラシードと十人ほどの男たちはいっせいに馬に飛び乗った。アラビア馬たちはうしろ足ではねたり、蹄《ひづめ》で地面を引っかいたりしていたが、最後には出かける準備が整った。

シェリダンがどこにいるのかはわからない。だが、宮殿がどの方角かはわかっているし、よく使われるルートも知っている。ラシードが馬に拍車を当てて走りだすと、二十四人の男たちもあとに続いた。かろうじて日は落ちておらず、地平線近くの空がピンクに染まっている。今夜は満月だ。月がのぼったあと、嵐が湾のほうから襲ってきて大惨事をもたらすまで、二時間くらいはあるだろう。

その前にシェリダンが見つかることを祈るだけだ。もし見つからなかったら、もし彼女が一人きりで嵐に耐えなくてはならなくなったら……。不安が胸を刺し、息がつまった。すぐに見つけなければ、彼女が生き延びる見込みはない。

あのときはいい考えに思えたのに。シェリダンは心の中でつぶやいた。馬小屋には毎日のように行っているから、今日も誰にも怪しまれなかった。ダオウドさえ気をゆるめていた。馬小屋には飼い主のところへもらわれていくのを待つ子犬がまだ数匹いるからだ。

馬に乗って馬小屋から抜け出すのはばかばかしいほど簡単だった。宮殿で召使いたちが話しているのを聞いて、馬を走らせれば二時間足らずで着く場所にベドウィンがいることは知っていた。でも、馬に乗ってオアシスへ行けばラシードを見つけられると本気で思っていたのだろうか？

ラシードが国王のオアシスと呼ばれる場所にいることはファティマが教えてくれた。頭を働かせて地図とコンパスは持ってきた。ちょっと宮殿内をさがしたら、すぐに見つかったのだ。最近のスマートフォンにはそういう機能もついているけれど、砂漠では充電できないし、電波を受けられる範囲も限られている。

そして今、シェリダンはアラビア馬の背に乗り、正気に返りつつあった。目の前には砂の海のように砂漠が広がり、背後の首都はもはや小さな点になった。しかも、あたりはみるみる暗くなってきている。左側には黒い壁のような巨大な雲があるが、こちらへ向かってくるかどうかはわからない。ただ、サヴァナの沖のほうからやってくる積乱雲のように不吉な感じがする。

ときおり雲が明るくなるのは、稲妻が雲を貫いているせいだろう。こんなところでも雷雨に襲われることがあるとはまったく知らなかった。唯一の慰めは、ここへ到達するまでには雷雨の威力がかなり衰えているはずだということだ。砂漠はその名のとおり、乾燥した砂のある場所なのだから。

引き返したくなったが、コンパスを見る限り、もうあと戻りできないところまで来ている。このまま進めば、二時間ほどでオアシスに着くだろう。ラシードは激怒するに違いない。自分の姿を目にしたときの彼の顔を想像し、シェリダンは鞍《くら》にしがみついた。最初は、馬に乗った自分は意気揚々と軍隊を率いる将軍のように見えるはずだと思った。でも今は、疲れ果てた子犬のようにぐったりとうなだれて見えることだろう。

一時間ほどたつと、砂丘を照らす月の光以外は真っ暗になった。荒涼とした、しかし目の覚めるような美しい眺めで、シェリダンは一瞬、魅了された。だが、やはり不安だった。黒い雲がさらに近づいてきている。そのうち月も隠れてしまうだろう。雲を貫く稲光は周囲を明るくするだろうが、近づいてきたら危険だ。

ときおり砂が突風にあおられ、むき出しの肌を刺す。つくづく愚かだったと、シェリダンは悟った。衝動に駆られ、無分別に行動してしまった。

今や雲の中から雷鳴が聞こえる。それに、何かほかの音も。うなじがぞくりとした。右のほうから何かの吠《ほ》え声がする。背後からも別の吠え声が聞こえる。馬が鼻を鳴らし、うしろ足を蹴りあげた。暴れて逃げ出さないように、シェリダンは死に物狂いで手綱をつかんだ。

そのあと近くで何かがうなり、同時にたくさんの動物が動く気配がした。馬が頭をそらし、うしろ足で立ったかと思うと、いきなり駆けだした。シェリダンは大声で叫び、馬の首に腕をまわそうとした。だが、あまりにも驚いたせいでしがみつくのが遅れた。彼女は悲鳴をあげ、砂の上に落ちた。

14

獣たちがうなったり鼻を鳴らしたりしながら迫ってくる。シェリダンは体をまるめて頭を守ろうとした。私はキルの砂漠で死んでしまうんだわ。赤ちゃんたちと一緒に。すべてはある男性のことで悩み苦しみ、自分を見失ってしまったせいで。

またうなり声がし、続いて甲高い声が聞こえたが、すぐにさえぎられた。そのあと地響きのような足音がしだいに大きくなってきて、シェリダンは叫び声に気づいた。男の叫び声だ。獣がまだそばにいるかもしれないと思い、怖くて顔を上げられずにいたが、やがてごつごつした手が触れるのを感じた。いきなり男に抱きあげられても、シェリダンは悲鳴さえあげなかった。男は荒々しいアラビア語で何か叫び、彼女をどさりと馬に乗せると、自分もそのうしろによじのぼった。

ヒジャブが目まで落ちてきて何も見えなかった。シェリダンは必死に男にしがみつき、馬は夜闇の中へと走りだした。まわりでほかの馬たちの蹄《ひづめ》の音が聞こえた気がしたが、とどろく雷鳴のせいでその音はしだいに鈍くなっていった。

少しして、背中と頭に冷たい雨粒を感じた。雨が激しく降りはじめると、シェリダンは呆然《ぼうぜん》とした。砂漠に雨が降るなんて想像もしていなかった。風がうなり、雨が降りつづける中、馬は走った。自分がどこにいるのか、誰と一緒にいるのか、シェリダンはまったくわからなかった。

たたきつけるように降る雨に打たれながら、馬は走りに走った。永遠に思えるほど長い時間が過ぎたあと、ついに馬がとまった。あまりに突然だったので、シェリダンは男の胸に頭をぶつけてしまった。

別の男がシェリダンの腰をつかみ、地面に下ろした。一緒に馬に乗っていた男も続いて下り、すばやく彼女を抱きあげてテントに入っていった。シェリダンは顔にかかったヒジャブを押しあげようとした。歯がかちかち鳴り、体に鳥肌が立っている。

男はシェリダンを無造作に床に下ろすと、服を脱がせはじめた。我に返ったシェリダンは、男の手を払いのけて急いで逃げようとした。男が何か言ったが、耳の中で血が脈打っているせいで聞こえなかった。とにかく逃げなくてはならないと思った。ラシードを見つけなくてはならないと。

叫ぼうとして息を吸いこんだ。

すると男がいきなり彼女を引き寄せ、乱暴に唇を重ねて彼女を黙らせた。

シェリダンは一瞬もがいたが、それから押しつけられた唇が誰のものか気づいた。

ラシードだ。シェリダンは彼にしがみついた。体から力が抜け、濡《ぬ》れたディシュダーシャをつかむ。彼女がようやく自分の正体に気づいたとわかると、ラシードは少し体を離した。

「君の濡れた服を脱がせなくてはならないんだ、いとしい人《ハビブティ》」その声は荒っぽく、朗々と響いた。

服を脱がせたあと、ラシードは温かい毛布でシェリダンの体を包んだ。それから抱きあげてベッドに運び、柔らかい毛皮をかけてくれた。

「ラシード」立ち去ろうとしたラシードに、シェリダンは声をかけた。彼は振り返り、感情の読み取れない目でシェリダンを見つめた。

「何か温かい飲み物を持ってこよう。僕はどこへも行かない」

ラシードが立ち去ると、シェリダンは毛布の中で身を縮めた。頭がくらくらしていた。こんなところまで来るなんて、とんでもない過ちだった。ラシードは怒り狂っているだろう。突拍子もないことを企てた私を情緒不安定だと思うに違いない。別の妻が欲しいと思っても当然だ。よく考えもせず、いっときの感情に駆られて行動したりしない妻が。

まもなくラシードが真鍮《しんちゅう》のポットとカップを二つ持って戻ってきた。彼はカップに紅茶をつぎ、砂糖を入れ、シェリダンに渡した。

「ベドウィンはカフェイン抜きの紅茶は飲まないようだが、これは大丈夫だ。赤ん坊にも害はない」

シェリダンは下を向き、カップをじっと見つめた。恥ずかしさがこみあげてきた。

ラシードが自分の紅茶をつぎ、スプーンでかきまぜる音が聞こえる。怒りを爆発させる瞬間を待って神経が張りつめた。

しかし、なかなかそのときが来ないので顔を上げると、暗く陰った瞳がじっとこちらを見ていて、シェリダンははっとした。

「ごめんなさい」彼女は言った。「宮殿を離れるべきではなかったわ」

「ああ、そのとおりだ」カップを持ちあげたラシードの手が震えているように見えた。だがすぐに、震えているのは自分のほうだと思い直した。「君はあの場所で命を落としていたかもしれない。砂漠は過酷なところなんだ」

「わかっているわ」

力強い指がいきなりシェリダンの顎をつかみ、顔を上げさせた。「君はそうしたかったのか?」

シェリダンはまばたきをした。「何を?」数秒かかってようやく彼の言葉の意味がわかり、大きく息を吸いこんだ。「いいえ! 私は死ぬつもりなんかなかったわ!」

「じゃあ、何をするつもりだったんだ?」今やラシードの声にははっきりと怒りが聞き取れた。「君と赤ん坊はもう少しでジャッカルに襲われるところだったんだぞ。僕たちが着くのがもう少し遅かったら……」

ラシードの顔からは血の気が引いていた。目は閉じられ、顎はこわばっている。

それを見れば、真実を打ち明けるしかなかった。そもそもこのオアシスに来ようと思った理由を。

「あなたが新しい奥さんを連れて帰ってくるという噂《うわさ》を聞いたのよ」

ラシードがぱっと顔を上げた。黒い瞳がシェリダンを射抜く。「どこでそんな話を聞いた?」

「宮殿よ。あなたは砂漠の部族の娘と結婚するという話だった」シェリダンは顎を上げた。「キルではふつうのことだとわかっているけれど、私にとっては断じてふつうのことではないわ」

「それで自分と双子の命を危険にさらし、僕に意見しに来たのか? 僕が戻るのを待って話をするという考えは浮かばなかったのか?」

シェリダンは不満の声をもらした。「あなたが新しい奥さんを腕に抱いて戻るのを待つの? ええ、そんな考えは浮かばなかったわ」

「シェリダン」ラシードはかぶりを振り、アラビア語で何かつぶやいた。そして再び、怒りに満ちた目でシェリダンを見た。「その頑固さのせいで、君は命を落としかけたんだぞ!」

「今はもうわかっているわ!」シェリダンは叫び返した。「私は愚かなふるまいをした。だからあなたは怒っているのよね。こうしている間にも新しい奥さんが書類にサインをしているのかもしれない。でも、私はそんな生活は受け入れないわ」

ラシードは唖然《あぜん》とした。「僕が王だということをわかっているのか? 君はこの問題について僕に忠告できる立場ではないことを?」

シェリダンの手足が震えているのはもはや寒さのせいだけではなかった。「もし事実なら、はっきり教えてちょうだい。あなたは新しい奥さんを迎えるつもりなの？」

ラシードの顎がこわばった。「キルの政治には駆け引きが必要なんだ」

「それでは答えになっていないわ」喉に塊がつかえ、苦しげなささやき声になった。

ラシードは目を閉じ、額に手を当てた。「枢密院は僕がキル人の妻を迎えることを強く望んでいる。だが、今回は妻をさがしに来たわけではない」

「でも、時間の問題だということね」

「そうなるだろうな」

シェリダンは紅茶をひと口飲んだ。胸が張り裂けそうな会話ではなく、世間話をしているかのように。

「正直に話してくれてありがとう。双子が生まれるまで待ってくれれば、そのころには私も忙しくて、あまり気にならないと思うわ」

ラシードはうなるように言った。「あまり気にならない？」

涙をこらえているせいで顔が熱かったが、シェリダンは冷静に彼を見た。「あなたがさんざん苦労して教えてくれていたとおり、私に選択の余地はないし、その問題に口を出す権利もない。あなたが新しい奥さんを迎えたら、ダオウドの剣であなたと彼女を刺してしまわないように気をつけなくちゃ」

おもしろがっているにせよ、警戒しているにせよ、ラシードはまったく感情を見せなかった。「そういえば、ダオウドは君を追っていったんだ」

シェリダンは驚いた。ダオウドもあんなところに一人でいたのだと思うと鼓動が速まり、罪悪感がこみあげた。「彼は大丈夫だった？」

「ああ、大丈夫だ。馬が足をくじいたせいで、君に追いつけなかったらしい。君を見つけたあとで男たちに迎えに行かせて、さっき戻ってきた。ダオウドは元気だ。今のところは」

シェリダンはラシードの声に不穏な響きを聞き取った。「彼のせいではないわ、ラシード。彼に信用されているのをいいことに、私が隙をついて逃げ出したのよ」

「彼は君を信用するべきではなかった」

「そうね」シェリダンはうなだれた。

「どうやら僕も君を信用するべきではないようだ。少なくとも剣を持っているときは」

シェリダンはラシードをにらみつけた。「私をからかっているの?」

「君とならもっと別のことをしたい」

シェリダンはショックを受け、一瞬動けなかった。それから激しくかぶりを振った。「いいえ。だめよ。もう二度とそんなことはしないわ、ラシード。あなたが別の女性と結婚するつもりなら」

ラシードは手を伸ばしてシェリダンの顎をつかみ、再び目を合わさせた。「なぜだい、ハビブティ? なぜそんなことを気にするんだ? 君がアメリカ人だからかい? それとも別の理由があるのか?」

心臓が速いテンポで打ちはじめ、シェリダンは毛布の下に隠れたくなった。ラシードは私をとらえ、答えを要求しているのに、私の頭は彼にキスしてほしいという思いでいっぱいになっている。

「あなたのことが好きになったからよ」シェリダンはできるだけつんとした顔で言った。しらじらしい嘘《うそ》だが、彼を愛しているなんてぜったいに認めたくない。

思いがけないことにラシードが笑った。「好き? その言葉はなかなかいい響きだ」

シェリダンは彼の手をぴしゃりとたたいた。「でも、もう気が変わったわ。いったい誰が独裁者を好きになるっていうの?」

ラシードはシェリダンのカップを取りあげ、わきに置いた。それから、まだ濡れている彼女の髪に片手を差し入れた。「ああ、誰だろうな？」

ラシードが顔を近づけてくると、シェリダンはキスを切望して目を閉じた。だが、激しい感情が心にあふれ、彼の口に片手を当てて押しとどめた。もし今キスされたら、むせび泣きながら彼への悲痛な思いを打ち明けてしまうだろう。

「だめよ、ラシード。私はもうこんなことはできない。自分の感情から目をそむけるような男性と一緒にはいられないわ。ほんのわずかなものしか与えてくれないあなたに、すべてを与えることはできないの。私はもっとたくさんのものを与えられていいはずよ。もっとたくさんのものが欲しいの」

シェリダンはゆっくりと手を離しながら、ラシードが激高するだろうと思った。僕は王だ、自分の立場をわきまえろ、と傲慢に言い放つだろうと。しかし、彼はシェリダンの手をつかみ、そのまま握っていた。ラシードの肌が彼女の肌を焦がす。シェリダンは手を引き抜きたいと思う一方で、彼の熱い体に身を寄せたいとも思っていた。

ラシードはシェリダンをじっと見つめ、かすかに眉根を寄せた。それから人さし指でそっと唇に触れた。彼女はなんとか声をもらすまいとした。

「ムスタファからの電話で君がいなくなったと聞いたとき、ダリアと息子を失った瞬間をまた味わうことになるのだと思って怖くなった。だが、怖かったのは過去の出来事でも、それでひどくつらい思いをしたことでもなかった」ラシードは深く息を吸いこんだ。「またあんなことが起きるのが、またあのときと同じようにつらい思いをするのが怖かったんだ。つらいのは君のせいなんだよ、シェリダン」

目に涙があふれたが、シェリダンはかぶりを振り、耳をふさぎたかった。この美しい言葉は私が願っているような意味ではない。そうであればいいと狂おしいほど願っているけれど、そんなはずはない。

「いつかほかの女性と結婚するつもりなのに、そんなことを言うのはやめて、ラシード」

ラシードはシェリダンをしっかりと抱き締めた。

「僕はほかの誰とも結婚するつもりはないよ、ハビブティ。枢密院はそれを望み、僕も政治的な配慮から同意した。だが、僕は王で、考えを変えられる。いや、もうすでに考えを変えているんだ、シェリダン。僕は君以外の女性は求めていない。必要なのは君だけだ。君と、僕たちの子供だけだ」

シェリダンはラシードの濡れた服をつかみ、きつく目を閉じた。体を駆けめぐる感情のせいで頭がくらくらし、今何が起きているかをつかみかねていた。

彼女はラシードを押しやり、彼の目を見あげた。

「それはどういう意味なの、ラシード？　はっきり言って。私は正確に理解する必要があるわ」

ラシードはシェリダンの顔にかかった髪を押しやった。彼の表情はひどく真剣で、ひどく不安げだった。「君に冷たくしようとしたが、できなかったという意味だ。君が双子を身ごもっていることが怖かったという意味だよ。今夜、君がしでかしたことを厳しく叱りたいのと同じくらい、いやそれ以上に、ひざまずいて君の体を崇《あが》め、君が僕のものであることをアラーの神に感謝したいという意味だ。シェリダン、君を愛している。愛すまいとしていたのに。二人の間に存在する特別な力から逃げるのはもうやめるつもりだ」

シェリダンは高ぶる感情のせいで喉がつまった。

「特別な力？」

ラシードは静かに笑った。「気づいていなかったのか？　それが火をつけるんだ。僕が君に触れ、君が僕に触れると、部屋は炎に包まれる。セックスのことだけじゃない。相手が君だと、僕はけっして満足することがないんだ。君がいないと、一緒にいたくなる。一緒にいると、もっと近づきたくなる。きっと君も同じように感じているはずだ」

シェリダンは彼の胸をやさしく撫《な》でた。「ああ、ラシード、けっして満足できないのは私だけだと思っていたわ。あなたのこととなると私は意思が弱くて、もっと強くならなくてはと自分に言い聞かせていたの。ノーと言うべきだと。でも、できなかった」

「君はまだ僕を愛していると言っていないよ、ハビブティ」ラシードはシェリダンの頬に指をすべらせた。「だが、言う必要はない。君の気持ちはもうわかっているから。噂を聞いただけで命を危険にさらしてまでここへ来たことを考えれば、君の愛は疑いようがない。だが、今回のことでは僕はまだ怒っているんだ。君はまず僕に電話するべきだった」

「あなたは私の質問に答えないかもしれないと思ったの。あなたの目を見て話す必要があったのよ」

ラシードはため息をついた。「ああ、わかるよ。だが、二度とこんなことはしないでくれ。もし君があの場所で命を落としていたら……」彼はごくりと唾をのみこんだ。「僕も君と一緒に死んだだろう」

涙がまた頬を伝い落ちたが、シェリダンは今度は自分を抑えずに身を乗り出し、ラシードにキスをした。彼は私のものだ。もう自分の気持ちを隠すつもりはない。ラシードが再びシェリダンを抱き寄せ、彼女の体に火がつくまでキスを続けた。

二人はどうにかしてラシードの濡れた服を取り去り、毛皮の下にもぐりこんだ。ようやく熱い体をからめ合うと、二人ともこうすることが正しいと心の底から感じて同時に声をもらした。

「シェリダン」ラシードが息を切らして言い、彼女をじっと見つめた。その顔にはただの情熱以上の感情があふれていた。

シェリダンはやさしくからかうように唇を触れ合わせた。二人とも耐えられなくなるまで。それからラシードが彼女のヒップをつかみ、体を重ねた。

炎が体に燃え広がっていく。二人はあえぎ、叫び声をあげながら、ともにクライマックスに達した。

それから互いの腕の中に倒れこんで、やさしい愛撫《あいぶ》ともっとやさしいキスを繰り返した。

「愛しているわ、ラシード」シェリダンがはにかみながら言うと、ラシードは彼女をきつく抱き締めた。

「僕も君を愛しているよ、シェリダン。君が現れるまで、僕は自分が道に迷い、前に進めずにいることに気づいていなかった」

「私も気づいていなかったの。自分とまったく違う世界に住む男性と安らぎの場所を見つけることになるなんて。でも、見つけたわ」

「ここが好きかい？」ラシードはためらいがちに尋ねた。そのことを心配しているかのように。

「日に日に好きになっているわ。でも、あなたがいれば世界のどんな場所でも大好きになるはずよ。あなたが私の家なの。安らぎの場所なのよ」

ラシードは改めてシェリダンを抱き締め、二人はしばらく無言で抱き合っていた。

夜中までさまざまな問題について話し合った。しかし、そのあとからまた愛し合い、抱き合って眠りに落ちた。

二日後、二人は宮殿へ戻る。そして、結婚式でラシードは声明を出す。シェリダンは単なる国王の后《きさき》ではなく王妃になるという声明を。うまく対処すれば、枢密院も納得するだろう。やがて彼らもシェリダンをシェリ王妃と呼び、愛するようになる。彼女が自分たちの同胞であるかのように。

だが今夜、二人はまだ砂漠にいる。国王夫妻はこれから一生、まさに今夜のように毎晩を過ごすだろう。互いの腕の中で、ぴったりと体を寄せ合って、片時も離れずに。

エピローグ

もう何カ月も前からわかっていたのに、ラシードはまだ双子が生まれたことが信じられなかった。シェリダンのおなかはとても大きくなり、ばかばかしいほど心配したが、双子は無事に生まれた。男の子と女の子で、それぞれタレクとアミラと名づけられた。母親も無事だ。出産という長く厳しい試練を乗り越え、今は眠っているシェリダンを、ラシードはじっと見つめ、その手を軽く握った。

まぶたが震え、とうとうシェリダンが目を開けた。その顔にほほえみが浮かぶと、ラシードの世界は内側から明るく輝いた。

「いとしい人《ハビブティ》」感情がこみあげ、声がつまった。なんてすばらしい感情だろう。心から人を愛せるのは一生に一度きりだと思っていたが、そうではなかった。今や彼は何度となく〝愛〟という感情を経験している。妻に対して。子供たちに対して。

「ずっとここにいたの？」シェリダンが尋ねた。

ラシードは妻の手にキスをしてから、彼女の顎に指をすべらせた。「片時も離れずにね」

シェリダンは目を大きく見開いた。「ラシード！　少し休まないと。隣の部屋へ行って、眠ってきて。そのためにスイートルームの病室が用意されているのよ。王が妻のそばで休めるように」

「君から離れられなかったんだ」

シェリダンの笑みはやさしげだった。「大丈夫よ、ラシード。私はどこにも行かないわ。一生あなたにまとわりついて、がみがみ言いつづけるつもりだから。それに、もっと赤ちゃんを産むつもりよ。でも、まずは双子に慣れなくちゃ」

ラシードは胸がいっぱいになり、喉が締めつけられた。シェリダンは僕の恐怖を理解して、どんな言葉をかければいいかよくわかっている。「愛しているよ、シェリダン」

彼女のまなざしは穏やかで、夫への愛にあふれていた。「私もあなたを愛しているわ、傲慢な王さま。さあ、隣の部屋へ行って、少し眠ってきて」

「ここの椅子に座ってうたた寝をするから大丈夫だ。それに、君に知らせたいニュースがある」

「どんなニュース？」シェリダンが興味をそそられたようにラシードを見た。

「お義兄《にい》さんから電話があった」

シェリダンの瞳が期待に輝く。「それで？」

「妊娠二十週の超音波検査で、赤ちゃんは女の子だとわかったそうだ。健康な女の子らしい」

シェリダンはぎゅっと目を閉じた。「よかったわ」

「それから、カディルとエミリーがさっき到着した。宮殿で休んでいるが、もうすぐ会いに来るだろう」

「早く会いたくてたまらないわ」シェリダンはにっこりした。

「あの二人も君に伝えたいニュースがあるらしい」

シェリダンは目を大きく見開いた。「エミリーが妊娠したの？　まあ、すばらしいわ！」

ラシードは笑った。シェリダンは自分が質問しておいて答えを聞こうともせず、さっさと妊娠だと決めつけて喜んでいる。「僕はまだ妊娠したとは言っていないよ。だが、答えはイエスだ。エミリーは自分の口から君に伝えたがっているそうだから、聞いたら驚いたふりをしてくれ」

「ええ、そうするわ」

そのときドアをノックする音がして、看護師が顔をのぞかせた。「お子さんたちに会う準備はできていらっしゃいますか、陛下？　二人とも目を覚まして、おなかをすかせているようです」

シェリダンは顔を輝かせた。「ええ、お願い、ここに連れてきて」

二人の看護師が部屋に入ってきて、シェリダンの膝の上に小さなタレクとアミラをそっとのせた。妻が双子をあやしているのを見て、ラシードは胸が熱くなった。こんな完璧な幸せを経験できるとは思ってもみなかった。その機会が与えられたことに、彼は心から感謝していた。

双子が満足して眠ってしまうと、シェリダンは愛情あふれる目でラシードを見あげた。「どちらかを抱いてみる?」

恐怖が押し寄せてきたが、ラシードは息を大きく吸いこみ、家族のために勇気を出そうと決心した。

「ああ、やってみるよ」

シェリダンは笑った。「きっとあなたは上手にできるわ、ラシード。それに、いつかは始めなくちゃならないんだもの」

ラシードは手を伸ばし、赤ん坊を抱きあげた。タレクかアミラかわからないが、その子をしっかりと胸にかかえ、教わったとおりに頭を支えた。赤ん坊は小さな顔をしかめ、目を閉じているものの、胸は規則的に上下し、唇はかすかに動いている。

「この子がどっちなのかわからないな」腕の中の赤ん坊に驚嘆のまなざしを向けながら、ラシードは小声で言った。赤ん坊を起こしてしまいたくなかった。

シェリダンはまた笑った。「それはタレクよ。手首に青いベルトをつけているでしょう?」

「タレク」ラシードはかわいらしい小さな顔をひたすら見つめていた。それから赤ん坊を高く持ちあげ、頬にキスをした。「僕の息子」

ハーレクイン®

砂漠の王と千一夜
2015年5月5日発行

著　　者	リン・レイ・ハリス
訳　　者	深山　咲（みやま　さく）
発 行 人	立山昭彦
発 行 所	株式会社ハーレクイン 東京都千代田区外神田 3-16-8 電話 03-5295-8091（営業） 0570-008091（読者ｻｰﾋﾞｽ係）
印刷・製本	大日本印刷株式会社 東京都新宿区市谷加賀町 1-1-1
編 集 協 力	株式会社風日舎

造本には十分注意しておりますが、乱丁（ページ順序の間違い）・落丁（本文の一部抜け落ち）がありました場合は、お取り替えいたします。ご面倒ですが、購入された書店名を明記の上、小社読者サービス係宛ご送付ください。送料小社負担にてお取り替えいたします。ただし、古書店で購入されたものについてはお取り替えできません。
®とTMがついているものはハーレクイン社の登録商標です。

この書籍の本文は環境対応型の植物油インクを使用して印刷しています。

VEGETABLE OIL INK

ISBN978-4-596-13061-7 C0297

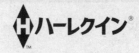

ハーレクイン・シリーズ 5月5日刊 発売中

ハーレクイン・ロマンス
愛の激しさを知る

その日まで愛を知らずに (ホテル・チャッツフィールドV)	トリッシュ・モーリ／中村美穂 訳	R-3059
スペイン公爵の嘆き	ジェニー・ルーカス／柿原日出子 訳	R-3060
砂漠の王と千一夜	リン・レイ・ハリス／深山　咲 訳	R-3061
青ざめた蘭	アン・メイザー／山本みと 訳	R-3062

ハーレクイン・イマージュ
ピュアな思いに満たされる

仮面舞踏会の夜に愛して	ルーシー・ゴードン／秋庭葉瑠 訳	I-2369
年上の人	フィリス・ホールドーソン／庭植奈穂子 訳	I-2370

ハーレクイン・ディザイア
この情熱は止められない!

シンデレラと氷の王子	ミシェル・セルマー／長田乃莉子 訳	D-1657
一夜が授けた秘密	アン・メイジャー／氏家真智子 訳	D-1658

ハーレクイン・セレクト
もっと読みたい"ハーレクイン"

心があなたを忘れても (我が一族アネタキスI)	マヤ・バンクス／庭植奈穂子 訳	K-314
ボスに贈る宝物	キャシー・ディノスキー／井上　円 訳	K-315
恐れに満ちた再会	リン・グレアム／春野ひろこ 訳	K-316

ハーレクイン・ヒストリカル・スペシャル
華やかなりし時代へ誘う

乙女を愛した悪魔 (公爵家に生まれてI)	クリスティン・メリル／大谷真理子 訳	PHS-110
冷たい花婿	リン・ストーン／江田さだえ 訳	PHS-111

※発売日は地域および流通の都合により変更になる場合があります。

5月15日発売 ハーレクイン・シリーズ 5月20日刊

ハーレクイン・ロマンス　愛の激しさを知る

甘美な至上命令	キャシー・ウィリアムズ／松尾当子 訳	R-3063
喪服の愛人	マヤ・ブレイク／麦田あかり 訳	R-3064
スルタンと月の沙漠で	ケイトリン・クルーズ／漆原　麗 訳	R-3065
仮面の億万長者 （背徳の富豪倶楽部Ⅱ）	ダニー・コリンズ／朝戸まり 訳	R-3066

ハーレクイン・イマージュ　ピュアな思いに満たされる

恋するベビーシッター （ブルースターの忘れ形見Ⅱ）	スーザン・メイアー／北園えりか 訳	I-2371
王子と孤独なシンデレラ	クリスティン・リマー／宮崎亜美 訳	I-2372

ハーレクイン・ディザイア　この情熱は止められない！

秘書とハンサムな悪魔	ケイト・カーライル／大田朋子 訳	D-1659
理不尽な愛人契約	イヴォンヌ・リンゼイ／菊田千代子 訳	D-1660

ハーレクイン・セレクト　もっと読みたい“ハーレクイン”

都会の迷い子	リンゼイ・アームストロング／宮崎　彩 訳	K-317
後見人を振り向かせる方法 （我が一族アネタキスⅡ）	マヤ・バンクス／竹内　喜 訳	K-318
プレイボーイ・ドクター	サラ・モーガン／井上きこ 訳	K-319
王との愛なき結婚	ジェニファー・ルイス／西山ゆう 訳	K-320

文庫サイズ作品のご案内

◆ハーレクイン文庫…………毎月1日発売

◆MIRA文庫………………毎月15日発売

※文庫コーナーでお求めください。